Die Gezeiten & Ich

Beim Schreiben meiner erlebten Geschichten stelle ich mir die Frage, was wohl aus den Werten und Ansichten von damals geworden sind. "Sich verbunden fühlen","sich Freiräume schaffen"," sich erinnern, das vieles mal anders war, das man selbst einmal anders war". Wo ist die Gelassenheit von früher geblieben und warum hat der alltägliche Stress auch bei mir Einzug genommen.

Ich sitze am Esstisch in der Ferienwohnung Nr.6 am Tranpad gelegen, der Blick auf die evangelische Kirche von Spiekeroog .Der Himmel ist herbstlich grau, die Blätter der Bäume mit sanften Farben geziert und in der Ferne höre ich das Meer durch das

Die Gezeiten & Ich !

geöffnete Fenster rauschen
und schon tauche ich ein in
die Welt vom Band 1!

Die Gezeiten & Ich !

Es war ein verregneter grauer und nebeliger Sonntag. Ein Sonntag, der mein Leben entscheidend veränderte.

Sonntag, der 04.11.1981

Meine Eltern packten den Wagen voll mit Taschen, Koffern, Bettzeug und ein paar persönlichen Dingen von mir, auf die ich nicht verzichten wollte. Und so begann die Reise in eine spannde und zugleich unsichere Zukunft, die einmal mein Leben verändern sollte. Heute war der Tag gekommen, wo es für mich hieß, Abschied zu nehmen von Hochbrücksiel in Nordfriesland, um fortan in einem Internat auf der

Die Gezeiten & Ich !

Nordseeinsel Spiekeroog zu leben.Früh morgens fuhren meine Eltern mit mir los. Ziel in 6 Stunden, der Fähranleger für Spiekeroog in Neuharlingersiel.Nach einer langen Fahrt mit Pausen waren wir endlich in Neuharlingersiel angekommen. Mein erster Blick viel auf das Fährschiff mit dem Namen Spiekeroog III, dann auf die vielen Menschen, junge und alte, die an der Fähre standen und darauf warteten, an Bord gehen zu dürfen. Mein Vater holte mir eine Fahrkarte für 7,50 DM einfache Fahrt hin, während ich mit meiner Mutter das Gepäck in einen Gepäckcontainer lud. Als alles verstaut war, gab mir mein Vater die Fahrkarte und ehe ich mich versah, ging es auch

Die Gezeiten & Ich !

schon los und die ersten Leute gingen an Bord. Nun war die Zeit gekommen, um von meinen Eltern Abschied zunehmen.Dann ging auch ich an Bord und um mich herum standen viele Jugendliche, waren es auch Schüler? Das Schiff legte ab, nahm sein Weg nach Spiekeroog auf, während ich noch am Heck stand um meinen Eltern vorerst ein letztes Mal zu zuwinken! Ich sah, wie sie ins Auto stiegen und davon fuhren.

Die Überfahrt nach Spiekeroog dauerte ca. 45 min. Der Fähranleger wurde immer kleiner und die Insel wurde immer größer. Und dann war es so weit, die Fähre legte im Hafen von Spiekeroog an .

Die Gezeiten & Ich !

Menschenmassen gingen von Bord und so auch ich. Ich sah ein komisches Auto mit einem HL Aufkleber und einem Anhänger mit der Aufschrift Hermann Lietz Schule .Als mein gesamtes Gepäck vom Container auf dem Anhänger geladen war, lief ich, wie ein Lemming den anderen Schülern hinterher. Der Weg führte über den Deich , dessen Bewohner links und rechts anteilnahmslos grasten, zum Hellerpad, dem Weg zur Schule.
Was für eine lange Strecke, an Salzwiesen, Dünen und einer Müllkippe vorbei.
Und da war sie, die Lietz!

Am Eingang wurde schon auf die Neuen gewartet. Also auch auf mich .Mittlerweile war es 17:00 Uhr und das Wetter

Die Gezeiten & Ich !

wurde auch nicht besser, eher dunkler. Ein zottelbärtiger Mann begrüßte mich mit den Worten:" Hallo, ich heiße Eiermann und bin ein Lehrer dieser Schule, ich zeige dir dein Zimmer, dein Zimmerpartner kommt erst in einer Woche"!. Aha, dachte ich, kein Wort verstanden!" Du hast dein Zimmer im unteren Westen letzte Tür auf der rechten Seite.! "Unterer Westen", letzte Tür, rechte Seite, und wieder verstand ich, jetzt noch mehr eingeschüchtert, nichts! Es dauerte etwas, bis ich mein Gepäck in meinem neuen Zuhause hatte. Das Zimmer, zwei Holzbetten, zwei Schreibtische, zwei Stühle und zwei Regale, sowie zwei Schränke.
Als erstes packte ich

Die Gezeiten & Ich !

persönliche Dinge aus, na ja es war mein Teddy! Immerhin, ich war erst 12 Jahre alt und fühlte mich ziemlich alleine! Plötzlich klopfte es an der Tür und der bärtige Mann steckte seinen Kopf durch den Türspalt. "Es ist jetzt Essensausgabe im Speisesaal und dann lernst du deinen Familienvater kennen". Hunger hatte ich keinen und wer wird mein Familienvater sein? Ich ging mit Herrn Bährmann in den Speisesaal, wo plötzlich viele Kinder und Jugendliche waren, Mädchen und Jungen, Lehrer und Hauspersonal.Jeder der Schüler wurde namentlich Aufgerufen und in die Familien verteilt. So wurde auch ich aufgerufen und ging zu meinem neuen Familienvater Herrn Meyer

Die Gezeiten & Ich !

und meinen neuen Familienschwestern und Brüdern an deren Esstisch. Der damalige Heimleiter Herr Haase begrüßte uns alle und wünschte uns einen guten Hunger! Es gab BKA (Brot-Käse-Aufschnitt).
Ich fühlte mich jetzt nicht mehr so alleine und fing an, mich mit den anderen zu unterhalten .Wo kommst du her, wie heißt du und wie alt bist du. Da ich der einzige neue in der Familie von Herrn Meier war, nahm er sich sehr schnell meiner an und zeigte mir nach dem Essen die Schule und erklärte mir die wichtigsten Dinge, die ein Schüler wissen musste und auch beachten musste! Also wann Nachtruhe ist, wann Frühstück ist, wo der Klassenraum ist und wann der

Die Gezeiten & Ich !

Unterricht beginnt! Viel Input für mich ! Der lange Tag neigte sich dem Ende zu und so musste auch ich ins Bett! Kaum lag ich im Bett, klopfte es an der Tür und die Tür ging auf, bevor ich etwas sagen konnte. Hallo, ich bin Herr Bärmann, der L v D , Schlaf gut! Ehe ich etwas antworten konnte, war die Tür auch schon wieder zu! L v D , was war das denn!?!
Ich wurde müde und schlief ein!
Am nächsten Morgen wurde ich von einem Klopfen geweckt. Im nach hin ein stellte sich heraus, das es der Weckdienst war. Dieser Weckdienst wurde von den älteren Schülern Innen übernommen, die auch auf den selben Gang wohnten, im unteren Westen! Ich stand also

Die Gezeiten & Ich !

auf und ging duschen. Als ich den Duschraum im unteren Westen betrat, stellte ich schnell fest, das hier alles anders war. Mädchen und Jungen duschten zusammen, ob jung oder schon etwas älter und so hatte ich das weibliche Geschlecht das erste mal anders wahrgenommen als ich es sonst kannte! Das duschen dauerte auch länger als sonst! Am Frühstückstisch angekommen stellten wir uns alle vor die Stühle und warteten darauf, das der Heimleiter das Essen eröffnete. Und so tat er es auch .Ich fragte einen Familienbruder, was L v D heißt und er sagte mir" Lehrer Vom Dienst" und noch etwas, Lehrer klopfen an der Tür und Schüler kratzen! Das ist ganz wichtig!

Die Gezeiten & Ich !

Nach dem Frühstück hatte man noch etwas Zeit, bevor man zum Unterricht in den Klassentrakt ging. Um 7:50 Uhr begann der Unterricht und es war meine erste Unterrichtsstunde auf Lietz. Ich ging in die 7. Klasse und wir waren alle zusammen 8 Schülern/- Innen .Was für ein unterschied zur alten Klasse am Festland, welche eine Klassenstärke von 32 Schülern Innen hatte. Bei 8 Klassenkameraden/Innen war das erste Gebot aufpassen, denn es viel sofort auf, wenn man gedanklich abwesend war.
Um 13:00 Uhr war Mittag. Und so versammelten sich alle, wie schon beim Frühstück , im Speisesaal. Der Heimleiter machte eine kurze Ansage und wünsche allen

Die Gezeiten & Ich !

Bewohnern einen guten Appetit. Nach dem Essen wurden wieder Ansagen gemacht und welche Schüler/Innen ,bei welchen Gilden, welche Arbeiten zu verrichten hatten. Für mich ein neues Wort: Gilden !?Und so kam auch schon eine Ansage:" Die neuen Heimbewohner bitte ich nach dem Essen in die Bibliothek um sich eine Gilde auszusuchen". Also Gilde gleich AG? Nein falsch, Gilde gleich Aufgabenbereich zur Förderung der Fähigkeiten eines einzelnen mit Kopf ,Herz und Hand! Richtig ! Meine erste Gilde, für die ich mich damals entschied, war die Ornithologie-Gilde! Man kann auch Vogelkunde sagen, klingt aber nicht so wichtig! Gilden wählte man immer für ein halbes Jahr, was mir bei

Die Gezeiten & Ich !

meiner Wahl damals noch nicht so ganz bewusst war. Aber was ist schon ein halbes Jahr Vögel beobachten! Heute würde ich sicherlich anders darüber denken.
Um 17:00 Uhr war Arbeitsstunde, d.h. man musste auf seinem Zimmer sein und Hausaufgaben machen und lernen. Die Arbeitsstunde endete mit dem Beginn des Abendbrot um 18:00 Uhr .Alle Hausaufgaben erledigt und ab in den Speisesaal, Tisch decken, Teller, Besteck, Becher für jeden hinstellen, die Aufschnittplatten, Butter, Milch und Teekannen und das Brot .Nach dem Abendbrot und den Ansagen war dann Zeit für sich und andere, bis um 21:30 Uhr für die 7. und 8.Klasse Bettruhe war und

Die Gezeiten & Ich !

was auch vom L v D
kontrolliert wurde.

**Das Eissegeln auf
Schlittschuhen**

Wer meint, schon alle extrem
 -Sportarten
erlebt zu haben, sollte es mal
mit
Eissegeln auf Schlittschuhen
 versuchen!

Im Winter 1986 nach heftigen
 Sturmfluten,
die jedoch keine größeren
 Schaden am
Lietz Deich angerichtet
 hatten, war die
Ostplate zu einer großen
 Seenplatte
verschmolzen! Dadurch, das
 die Wassertiefe
nur sehr gering war, an den
 tiefsten Stellen

Die Gezeiten & Ich !

waren es wohl knapp 30 cm
Wassertiefe
und den andauernden
  Minustemperaturen
war diese Seenplatte komplett
  zugefroren.
Bis zu diesem Zeitpunkt
wusste ich nicht was
eigentlich Eissegeln auf
Schlittschuhen bedeutet, aber
ich wurde eines besseren
belehrt und in die Techniken
eingewiesen. Zuerst führte der
Gang zur Küche .Nun wird
sich der eine oder andere
Fragen, Küche ‚warum?! Nun
um die perfekte Ausrüstung
zum Eissegeln auf
Schlittschuhen zu besitzen,
braucht man eine echte
original Lietzer Suppenkelle
mit HL Gravur !Es ist nicht
einfach, dieses begehrte
Objekt sich während der
Küchenöffnungszeiten zu

Die Gezeiten & Ich !

besorgen oder auszuleihen,
denn man konnte schließlich
keine halbwegs vernünftige
Erklärung dafür finden, dem
Gegenüber zu sagen, wofür
man die Kelle braucht .Und
hätte man es getan, so hätte
man keine Kelle bekommen,
wohl aber eine an die Ohren!
Es war also ein schwieriges
unterfangen, aber mit sehr viel
Fingerspitzengefühl und mit
einem , der Schmiere steht, ist
es zu schaffen. So die Kelle
ist im Sack!
Wir machten uns am
Nachmittag auf den Weg zur
Ostplate , beladen mit
Schlittschuhen, Surfsegel,
Mast und Trapez und
Klebeband für die
Suppenkelle. Surfsegel auf
den Mast ziehen und das
Trapez am Mast befestigen
.Und nun kommt die

Die Gezeiten & Ich !

Suppenkelle. Man stellt den Mastfuß in die Suppenkelle und befestigt beides mit reichlich Klebeband. Danach zieht man sich die Schlittschuhe an, nimmt das Segel in die Hand und, der Mast steht senkrecht in der Suppenkelle auf dem Eis und los geht s. Die Kelle dient als Kufe und man bekommt sofort fahrt durch den Wind und beginnt über das Eis zu surfen .Was für ein Spaß für uns, lediglich die Suppenkelle hattes nicht überlebt. Ein verbeultes etwas kann man ja schließlich nicht wieder zurück schmuggeln .Diese Kräfte schaffte selbst eine Spülmaschine nicht! Durchgefroren mit einer Menge Spaß kehrten wir zur Lietz zurück .Nur die Suppenkelle mit HL Gravur

Die Gezeiten & Ich !

blieb im verborgenem liegen!
Vielleicht ist heute dank der
Suppenkelle von damals eine
Primärdüne entstanden !

Ein Beitrag zum
Küstenschutz!

Die Gezeiten & Ich !

Glühweinabend

Ostern ohne Eier ist wie Winter ohne Glühwein! Auch wir Lietzer pflegten die Tradition eines gemütlichen winterlichen Abends bei Kerzenschein, guter Musik und Glühwein .Schade nur, das wir zu dieser Zeit noch kein Glühwein trinken durften .Aber wenn es doch so bitter Kalt war, wärmt so ein Becher gut durch! Also wird so ein Abend von langer Hand vorbereitet, denn zunächst stellt sich die Frage, wer hat noch Taschengeld. Somit also die wichtigste Frage aller Fragen, danach die zweitwichtigste Frage, wer geht ins Dorf und holt den Glühwein?! Die erste Frage konnte man vielleicht mit viel Glück beantwortet

Die Gezeiten & Ich !

bekommen, denn damals gab es schon Sparfüchse mit Hang zum Alkohol. Die andere Frage jedoch wurde immer zögerlich beantwortet, denn keiner hatte Lust, den Weg ins Dorf hin und zurück zu laufen. Doch einen gab es irgendwie immer, den man mit einfachen Dingen ködern konnte und sei es, denjenigen mit trinken lassen!
Der Abend rückte näher und das langersehnte Nass war besorgt, ohne das ein Lehrer etwas mitbekommen hatte. Auserwählte fanden sich also abends in der Korea Mandschurei ein, um Glühwein zu guter Musik und weiterführenden Gesprächen zu trinken .Ok , es ging eigentlich nur um den Glühwein .Es stellte sich jetzt nur noch eine nicht ganz

Die Gezeiten & Ich !

unbedeutende Frage! Wie bekommt man Glühwein auf Trinktemperatur, ohne das andere etwas mitbekommen würden und schon gar nicht der eigene Familienvater oder sonstiger Lehrkörper !Also Fenster ganz weit auf , ich erwähnte bereits, es war Winter !Dann die Kaffeemaschine auf die Fensterbank und den Glühwein in den Wassertank füllen ,danach den Ventilator davor stellen, Kaffeemaschine an, Ventilator an, damit die Dämpfe gleich zum Fenster entweichen konnten. Was für einen Aufwand, aber wenn man eben einen guten Glühwein herstellen will, ohne das es auffällt, lässt man sich schon einiges einfallen .Mittlerweile hatte das Zimmer bei offenem

Die Gezeiten & Ich !

Fenster schon die richtige Temperatur für einen Glühwein .Der Glühwein war mittlerweile durch gelaufen und wir freuten uns über das leckere Nass.
Dumm ist nur, das sich der Zucker im Glühwein immer so hartnäckig an die Heizspirale der Kaffeemaschine festsetzt, da der erste Kaffee danach nicht wirklich zu genießen ist. Aber für einen gelungenen Glühweinabend war uns fast jedes Mittel recht .Und so tranken wir ausgiebig den Glühwein, hörten dabei Musik und mit der Zeit wurden die einst guten Gespräche immer lallender. Schön war es! Und keiner hat etwas bemerkt.

Zum Glück war der nächste Tag ein Sonntag!

Die Gezeiten & Ich !

Die Verschönerung

Ich wohnte in einem kleinen bescheidenen Zimmer in der Korea Mandschurei .Das Zimmer hatte die Maße 2,5x3,5 mit einer Dachschräge .Diese Zimmer waren sehr begehrt und so war ich Stolz und froh zugleich ,eines dieser Zimmer bewohnen zu dürfen .Der Flur der Korea Mandschurei war lang und weilig und wurde von einem grauen, schon in die Jahre gekommenen Teppich geziert .Mein Zimmernachbar Duffy von gegenüber und ich dachten, wir könnten vor unserer beider Türen einen Teppichläufer hinlegen .Es würde zum einen gut passen, da die Zimmertüren genau gegenüber lagen und zum anderen sehe es sicherlich toll

Die Gezeiten & Ich !

aus. Wo auch immer dieser farbenfrohe ,doch sehr orientalisch angehauchte Teppichläufer her kam ,er machte sich gut vor den Türen unserer Zimmer im Flur .Andere Mitschüler sahen es wohl nicht so wie wir, denn jedes mal lag der Teppichläufer woanders nur nicht da, wo wir ihn einst hingelegt hatten und so kam es, wie es kommen musste, der uns kannte .Irgendwann abends kurz vor der Geisterstunde kam uns die Idee, wir nageln den Teppich einfach fest, dann kann keiner mehr den Teppichläufer einfach woanders hinlegen .Und so machten wir es auch .Nur dumm das wir nicht gerade das Feinmechanikerwerkzeug griffbereit hatten. Wir hatten

Die Gezeiten & Ich !

einen Hammer und vier Schrauben .Hat jemand schon mal versucht einen Teppich mit vier Schrauben auf einen Betonboden zu hämmern!? Nein, wir schon, aber es klappte nicht! Schraube auf Beton gibt nur Krach und so war es dann auch! Mittlerweile war die Geisterstunde schon verstrichen und wir klopften, wie von der Tarantel gestochen mit dem Hammer auf die Schrauben ein. Der lautstarke Krach ließ nicht lange auf Besucher warten, die bei unseren nächtlichen Arbeiten auf massive Unverständlichkeit trafen .Einer hatte Mitleid mit uns und versuchte Tipp's zur Befestigung des Teppichläufer zu geben. Wir nahmen jeden Tipp dankend an. Und wie

Die Gezeiten & Ich !

sollte es auch anders kommen, plötzlich stand unser Familienvater August Kuhlmann im adrett gekleideten Schlafanzug mit verschlafenden Augen und Faltenwurf im Gesicht vor uns! Der hat uns jetzt noch gefehlt! Die verbale Ausdrucksweise gekoppelt mit der Lautstärke in seiner Stimme übertraf selbst unser gehämmerte Betonaktion, was wir sofort respektvoll einstellten.

Am nächsten Tag konnten wir uns noch eine Predigt vom Feinsten anhören, dabei wollten wir nur den Flur in der Korea Mandschurei mit einem Teppichläufer verschönern.
Schade eigentlich, er hätte dort gut hin gepasst!

Die Gezeiten & Ich !

Der Segeltörn

es war an einem sommerlichen Sonntag morgen auf Lietz. Ein Sonntag war ein Sonntag, entweder schlief man lange oder hatte mal Gelegenheit, etwas zu tun , was die Woche über zu kurz gekommen war. An diesen Sonntag sollte ich mich noch lange zurück erinnern. Gegen 10:00 Uhr traf ich Hightower auf der Innenhofterrasse, der wie mir schien auch nicht so richtig wusste, etwas mit dem Sonntag anzufangen. Wir unterhielten uns und kamen auf die Idee, segeln zu gehen. Unser Gespräch hörten auch zwei weitere Ohren mit, Bernhard Suhren unser Buchhalter. Okay, willkommen an Bord!. Wir holten uns die Erlaubnis von

Die Gezeiten & Ich !

Herrn Henke, segeln gehen zu dürfen und machten uns auf den Weg zum Hafen. Hightower schaute noch mal in den Gezeitenkalender und dann machten wir "seemannssprachlich" eine Jolle klar.

Das Boot hieß Dick, es gab auch noch eins, das hieß Doof! Alle Mann rein und die Segel gesetzt! Auf und davon, grenzenlose Freiheit, der Sonne entgegen, die Fahrrinne rauf und ab ins Wattenmeer. Bernhard hatte genug Tabak und Blättchen dabei, was soll schon an so einem Tag alles schief gehen! Wir segelten Richtung Langeoog, entlang der Deichlinie von Spiekeroog. Die Sonne schien heiß und der Himmel war malerisch blau. Gegen 15:00

Die Gezeiten & Ich !

Uhr wollten wir zurück in die Fahrrinne von Spiekeroog segeln, doch leider hatten wir eines nicht bemerkt, der Ebbstrom hatte schon längst eingesetzt und der Wind hatte frei, flaute war angesagt. So sehr wir auch versuchten, zu kreuzen, so perfekt unsere Manöver auch waren, so bewusster wurde uns, das wir immer weiter vom Ebbstrom zwischen die Inseln gezogen wurden! Mittlerweile war es schon 18:00 Uhr und jedes tun unsererseits schien aussichtslos ,der Tabak und die Blättchen wurden immer weniger, die Wellen zwischen den Inseln immer höher! Wir drei Leichtmatrosen stellen zu dem noch fest, nur eine Schwimmweste, kein Paddel, kein nix! Oh, ist uns da ein leichter Fehler unterlaufen!?

Die Gezeiten & Ich !

Uns stand mit großen Buchstaben auf der Stirn geschrieben: PANIK! Die Sonne war schon sehr tief und es war auch schon spät .Plötzlich ein Fischkutter in der Ferne. Ich nahm die Schwimmweste und wedelte wie wild damit umher .Und tatsächlich, der Kutter drehte bei und nahm Kurs auf uns ! Dieser Moment bedarf keiner Worte und wir sagten auch nichts. Als der Fischkutter endlich längsseits war, und es schien mir eine Ewigkeit zu dauern, war der einzige Kommentar vom Kapitän des alten Kutters: Kein Wind? Schon mal mit pusten versucht?! Mir war und ich glaube uns allen war nicht zu lachen zu Mute .Wir schmissen eine Leine rüber und wurden so zum alten

Die Gezeiten & Ich !

Anlegen von Spiekeroog gezogen, allerdings nicht ganz ran, da ja Ebbe war und der Kutter einen Abstand halten musste. Da war das rettende Festland. Ca. 40 m. von uns entfernt. Wir schmissen schnell einen Anker, damit wir nicht noch einmal abtrieben! Und nun, drei Mann in einem Boot und Spiekeroog vor uns. Hightower erklärte sich bereit, sich in die Fluten zu stürzen, mit einer Leine um den Bauch, um ans Festland zu schwimmen und das Boot mit uns darin heran zuziehen. Der Plan funktionierte .Wir hatten endlich wieder festen Boden unter den Füssen .Aber wir waren ja am Alten Anleger! Also stand uns noch ein langer Fußmarsch zur Lietz bevor. Nach dem wir das Boot sicher vertaut hatten, machten

Die Gezeiten & Ich !

wir uns auf den weg. Am Haus Sturmeck machten wir halt und fragten höflich, ob wir kurz mal in der Schule anrufen könnten ,um ein Lebenszeichen von uns abzugeben .Es muss wohl schon 22:00 oder 23:00 Uhr gewesen sein, als wir in Lietz angekommen waren! Herr Henke hatte uns schon sehnsüchtig erwartet und war sichtlich erleichtert, das nichts mit uns passiert war! Und warum nun das ganze, Hightower hatte sich im Gezeitenkalender um einige Tage versehen. Sonst wären wir nicht zu dieser Zeit segeln gegangen!

Verdammt ,der nächste Tag, ein Montag war aber auch uncool. Zu kurz geschlafen, noch durch gefroren vom

Die Gezeiten & Ich !

Vorabend und dann noch die dummen Sprüche der anderen .Das war echt zu viel! Aber was sollte noch schlimmeres an diesem Montag kommen, das Essen auf Lietz, nee, der lange Weg zum alten Anleger. Hightower und ich liefen am Nachmittag zum alten Anleger ,die Sonne schien, die Füße taten weh und wir liefen und liefen und...! Endlich am alten Anleger von Spiekeroog angekommen, sahen wir was mit dem Boot passiert war! Wie war das noch, es könnte nicht schlimmer kommen, doch es kam schlimmer! Wir hatten ja das Boot bei Ebbe am alten Anleger festgemacht! Die Flut hatte das Boot ,was ja jetzt nicht mehr auf Spannung angebunden war, immer schön gegen die alte

Die Gezeiten & Ich !

Spundwand des alten Anlegers knallen lassen! Schwund ist überall, nee bloß nicht! Doch so war es, das Boot hatte Abschürfungen an der ganzen Längsseite. Keine gute Sache ‚das! Zum Zeitpunkt war glücklicherweise Flut, so das wir das Boot klar zum segeln machen konnten, um damit in die Fahrrinne von Spiekeroog zu segeln und letztlich zum Liegeplatz im Hafen! Leinen los, und ab ging's, Halse, Wende und noch ne Wende und drinnen! An den Priggen vorbei in die Fahrrinne von Spiekeroog. Hightower und ich überlegten, während wir die Fahrrinne hoch segelten, wie wir das Boot reparieren könnten, ohne das jemand etwas mitbekommen konnte! Zu dieser Zeit war die

Die Gezeiten & Ich !

Bootsbaugilde eine Woche auf Segeltörn mit zwei weiteren Booten von Lietz. Albatros und Santana! Das war schon mal ein Anfang, keiner da, keiner bekommt. Im Hafen endlich angekommen, machten wir das Boot fachmännisch fest, verstauten alles und gingen den Steg hoch. Eigentlich hatten wir es ja wissen müssen, aber dennoch nix vom Vortag gelernt. Wir hatten ja wieder nur eine Schwimmweste dabei! Naja , ist ja gut gegangen! An Mausi's Hafenbude vorbei ‚na Jungs, ne Pommes? Nein Danke, wir haben wenig Zeit, oder ein Bier? Nein. Wir nahmen den Weg über den Deich zum Hellerpad und dann gerade weg's zur Lietz. In Lietz angekommen hielten wir bei

Die Gezeiten & Ich !

Hightower im Zimmer erst mal beim Kaffee eine Lagebesprechung! Wir brauchen Farbe in Blau, Spachtelmasse und Spachtel, weiße Farbe und Schleifpapier! Woher nehmen! Hausmeister Krummreich, ne lieber nicht, gibt nur mecker ! Ach ja, Bootsschuppen! Genau! Jetzt, ne, wenn uns einer sieht, lieber heute Abend, wenn der L v D rum ist! Okay, dann machen wir das so !Den restlichen Tag verbrachten wir wie gewöhnlich. Hausaufgaben, lernen, gehörten eigentlich nicht dazu, mussten aber ja auch gemacht werden! Abends dann war es endlich soweit! Der Lehrer vom Dienst machte seine Runde und Hightower und ich warteten, bis die Luft rein

Die Gezeiten & Ich !

war! Das hat gedauert. Gegen 23:30 Uhr glaube ich, war es dann soweit .Ich holte Hightower ab und wir kletterten über die Feuerleiter der Korea Mandschurei nach draußen. Alles gut gegangen, keiner hat uns gesehen oder doch? Wir schlichen uns am Wohnzimmerfenster von Franz Hofmeister vorbei und dann weiter bis zum Bootsschuppen. Alles war dunkel, Taschenlampe dabei ,nee Feuerzeug. Na toll!! Versucht man eine Öffnung in der Nacht am Bootsschuppen mit einem Feuerzeugschein zu finden, ist das eine reife Leistung, nicht zu vergessen, das wir ja noch die Utensilien brauchten! Tasche dabei, Nee, du?! Wir entdeckten ein auf kipp gestelltes Fenster am

Die Gezeiten & Ich !

Schuppen! Feuerzeuglicht ist ja gewaltig, so ein Fenster auch! Hightower bewies mal wieder Geschick vom feinsten ‚Fenster auf, Glasscheibe kaputt! Verdammt, verdammt, verdammt! Wir stiegen also durchs Fenster in den Schuppen ein. War ja kein Einbruch, war ja kollektiv! Gehört ja uns Lietzern! Im Schuppen fanden wir eine Lampe, perfekt! Schalter an Licht scheint . Nun sahen wir auch das Ausmaß: Das Fenster war auf der einen Seite aus der Verankerung, umgestoßene Pinseltöpfe lagen auf dem Boden, die ehemals auf der Fensterbank standen! Na super! Da waren die Töpfe unserer Begierde: Farbe Blau, Farbe Weiß, Tube Spachtel und etwas Schleifpapier von der Rolle.

Die Gezeiten & Ich !

Wir packten alles in einen Karton, der da so herrenlos herumlag. Und ab durchs Fenster damit! Ach ja Fenster! Wir versuchten, das Fenster so gut es ging, in den Urzustand zu versetzen, außer der gebrochenen Scheibe. Man muss dazu sagen , die Scheiben hatten jetzt einen Sprung, so wie wir bei dieser ganzen Aktion einen in der Schüssel. Es hat etwas gedauert, aber dann haben wir es hin bekommen .Es war jetzt schon spät in der Nacht und wir machten uns mit dem Karton zur Landwirtschaft, um ihn dort zu verstecken. An dem Wohnzimmer von Franz wieder vorbei, gerade aus an der Landwirtschaft vorbei, durch den Torbogen rechts herum in den Stall. Nun noch etwas Heu auf den Karton und

Die Gezeiten & Ich !

fertig! Was macht Ihr denn da, erschütterte uns eine tiefe Stimme aus dem Hinterhalt. Äh, sagte ich, wir wollten noch kurz nach den Schafen gucken! Dumm nur das die Schafe auf der Weide waren! Es war Hausmeister Krummreich in voller Lebensgröße! Macht, das ihr beide ins Bett kommt, aber schnell!! Innerlich Haltung annehmen, Respekt erweisen, Beine in die Hand nehmen und weg! Klamotten aus und schnell ins Bett. Verdammt, hoffentlich hat er nicht den Karton gesehen!
Am nächsten Tag dachten wir, wir würden tierischen ärger bekommen, aber Krummreich hatte uns nicht verpfiffen! Danke!

Nach dem Krummreich uns

Die Gezeiten & Ich !

nicht verpfiffen hatte, waren Hightower und ich schon sehr erleichtert. Der Vormittag verlief wie immer, Mathe, Deutsch, Biologie, Erdkunde und Englisch bei Franz. Eigentlich hatten wir für so etwas keine Zeit, denn unser Auftrag wartete, das blöde Segelboot musste ja noch repariert werden. Endlich Mittag! Nach dem Mittag machten wir uns mit einem Rucksack auf den Weg zum Stall, denn schließlich lag da ja unter Heu unsere Objekte der Begierde. Als wir im Stall an kamen, war zum Glück noch alles da, schnell die Sachen umpacken, Karton verschwinden lassen und ab zum Hafen! Oh nicht schon wieder laufen, doch, Meter für Meter. Also gut, auf geht s. Senke runter, wieder rauf,

Die Gezeiten & Ich !

rechts das Haus von Hajo Deepen, weiter an Düne 13 vorbei, links die Müllkippe, Doppelkurve, Zielgerade Deich und endlich der Hafen. Geschafft. An Mausi s Hafenbude vorbei: Moin Jungs, ne Pommes! Nein Danke, Mausi, wir haben noch was zu tun. Hightower und ich liefen den Steg zum Boot runter. Da lag es, das desolate Objekt einer unfreiwilligen Odyssee! Na ja , so schlimm sah es auch wieder nicht aus! Ein paar Kratzer und Lack ab. Hightower sagte mit fachmännischem Gedankengut : Das haben wir gleich, ist schnell gemacht! Okay, wie er meint!, dachte ich mir. Und so fingen wir an, das Boot auszubessern. Und in der Tat, so schlimm war es gar nicht. Spachtel, warten,

Die Gezeiten & Ich !

rauchen, schleifen, lackieren !
Endlich fertig! Also wenn
man nicht genau hin sieht,
fällt es kaum auf! Egal, wir
hatten nun auch keine Lust
mehr! Restliche Sachen in den
Rucksack und zurück zur
Lietz. Auf dem Weg zur Lietz
haben wir den Inhalt vom
Rucksack auf der Müllkippe
entsorgt. War auch besser so!

Hightower und ich waren
froh, es hatte all die Zeit
danach, keiner bemerkt, auch
die Bootsbaugilde nicht! Und
das Fenster vom Schuppen
war der Wind, so sagt man
sich!

Ende gut, alles Gut

Die Gezeiten & Ich !

Einfach tierisch dieses Job

Nach dem ich die Vogelkunde hinter mich gebracht hatte, trat ich in die Tierhaltungsgilde ein. Eigentlich habe ich die Gilde mit gegründet. Dank unseres Schul- und Heimleiters Herrn Henke, der aus eigener Tasche Schafe kaufte, wurde der Grundstein für mein neues Wirken gelegt .Da meine Mutter ein Fleischrinderzuchtbetrieb in Nordfriesland führte und wir dort auch Schafe hatten, konnte ich gut mein Wissen einbringen. Fortan hatten wir, 5 Gildenmitglieder und ich die Aufgabe, aus ein paar Schafen unsere kleine Farm zu züchten. Der Anfang wurde gemacht und die Schafe bekamen Besuch von einem

Die Gezeiten & Ich !

Spiekerooger Schafbock.
Denn man ran, mien Jung!
Nach einer gewissen Zeit hatte der Bock seine Arbeit getan und alle Mutterschafe waren trächtig.
Zwischenzeitlich haben wir uns um die alte Landwirtschaft von Lietz gekümmert, den irgendwo sollten ja auch im Winter die Schafe ihr zu Hause finden
.Die Zeit bis zum Winter nutzten wir also unter fachmännischer Anleitung um Heu zu machen, Ställe herzurichten, Stroh zu organisieren, Weideland einzäunen. Damit aber nicht genug, ein netter Altbürger der Lietz meinte es mit uns sehr gut und so schenkte er der Gilde zwei Ferkel. Und so war auch hier der Grundstein für die Fleischproduktion gelegt.

Die Gezeiten & Ich!

Wir tauften feierlich die Ferkel auf die Namen Clever und Smart. Nun hatten wir schon Schafe und Schweine, damit aber nicht genug. Im Sommer schenkte man der Lietz Gänse und zwei Galloway Kühe. Damit war die Tierhaltungsgilde perfekt ausgestattet. Was anfänglich wie ein lauer Job auszusehen schien, entwickelte sich immer mehr zu einem full time job neben den anderen schulischen Aufgaben. Aber durch ein straff organisiertes Zeitmanagement und einer Vielzahl an Gildenmitgliedern ließen sich die Aufgaben gut bewältigen. Der Winter rückte näher und die Tiere kamen von der Weide in den Stall. Schafe links, Schweine rechts und die Kühe gerade durch, auch für die Gänse war

Die Gezeiten & Ich !

gesorgt. Nun begann für uns die Zeit , wo man vor dem Frühstück die Tiere füttern musste und am Nachmittag den Stall ausmisten musste .Mit der Zeit lernte man die facettenreichen Gerüche der Tiere kennen. Die Duftskala reichte von lieblich Heu bis extrem Ammoniak Geruch. Letzteres waren Clever und Smart. Aus Ihnen wurden mit den Monaten aus niedlichen Ferkeln regelrechte Mastschweine und auch die Schafe gewannen reichlich an Umfang, was nicht nur am Winterfell liegen konnte.
Die Lamm-Zeit war gekommen, nein nicht Ostern, sondern das tägliche Erwarten von neugeborenen Lämmern. Die Schafe wurden eins nach dem anderen immer unruhiger und so bekamen wir die

Die Gezeiten & Ich !

offizielle Erlaubnis von Herrn Henke, uns im turnusmäßigem Rhythmus die nächsten Nächte um die Ohren hauen zu dürfen. Also packte man sich seinen Schlafsack ein und ging Richtung Landwirtschaft, um sich dort auf Stroh ein gemütliches Lager zu schaffen und zu harren, was denn alles so passieren wird. Und dann war es endlich soweit, das erste Schaf wurde immer unruhiger und legte sich auf die Seite, da die Fruchtblase schon geplatzt war. Aufgeregt wie das Schaf, ihre erste Geburt, so waren wir ebenso aufgeregt, ob alles gut geht. Und auf einmal sah man schon die Vorderläufe und Sekunden später war das Lamm geboren. Die sicher stolze Schafmutter putze ihr Lamm gründlich ab und wir

Die Gezeiten & Ich !

rieben es zusätzlich mit Stroh trocken. Und was ist es, ein Lamm. Kurze Zeit später bekam das Schaf ein zweites Lamm, aber dieses mal war es ein Bock. Mittlerweile war es früh am Morgen und nicht nur das Schaf war Müde von den Anstrengungen, sondern wir auch und freuten uns auf unsere Ablösung, da wir die Erlaubnis hatte jetzt ins Bett zu gehen. Die anderen Geburten der noch werdenden Mutterschafe zogen sich noch insgesamt 6 Tage hin, bis alle Lämmer auf der Welt waren. Unsere Schafherde hatte sich somit auf 11 Schafe vergrößert.

Was für ein toller Erfolg.

Die Gezeiten & Ich !

Das Fahrrad als ultimatives Transportobjekt

Es war nach den Sommerferien, endlich ging es wieder nach Hause zur Lietz. Jeder freute sich schon auf den anderen, denn 6 Wochen sind eine lange Zeit, wenn man doch sonst 24 Stunden mit einander verbringt.

So war es auch bei Duffy , Hightower und mir. Auf der Fähre erzählte man sich schon die neusten Story's aus den Sommerferien. Na ja, was man noch nicht wusste, da wir auch in den Ferien regen Kontakt hielten, wenn man nicht gerade verreist war. Jeder brachte auch neue Dinge mit, die man auf Lietz so brauchte, der eine einen zerlegten Tisch, die andere ein

Die Gezeiten & Ich !

Regal vom Schweden usw.. .
So war es auch bei mir. Ich brachte mir einen neuen Teppich aufgerollt in den Maßen 3 x 4 Meter mit, ein neues altes Fahrrad, da mein altes irgendwie den Sturz ins Hafenbecken fand .Zusätzlich hatte ich ja, wie jeder von uns noch das eigentliche Gepäck dabei .Kaum hatte die Fähre angelegt ,stürmten wir Lietzer, eigentlich wie immer, als erstes von Bord um dann möglichst schnell das Gepäck aus den Gepäckcontainer zu holen .Dieses mal war es jedoch anders als sonst, denn irgendwie fehlte etwas .Die E-Karre mit dem Anhänger war noch nicht da! Und nu:" Dum loopen! Ich hatte meinen Teppich, mein Fahrrad und meine zwei großen Taschen und stand nun da. Kommt die

Die Gezeiten & Ich !

E-Karre noch oder sollen wir schon los laufen. Duffy und Hightower und ich guckten uns an. Los laufen mit Gepäck, denn man wollte ja schließlich schnell zur Lietz und in sein Zimmer um dann schnell auszupacken, Kaffee kochen und sich weiter austauschen! Also Jungs, was ist jetzt? Ja, dann los, du hast ja ein Fahrrad ,da können wir ja dann alles aufladen! Wer hier meint, das ist nicht zu schaffen, hat leider auch recht. Wir fingen an das Fahrrad zu beladen. 6 Taschen, große wie kleine und mein Teppich. So ein Fahrrad hat ja bekanntlich einen Lenker mit zwei Griffen und einen Gepäckträger, mehr nicht! Sollte das ausreichen, um das Gepäck zur Lietz zu transportieren? So Jungs, das ist zu schaffen. Unter dem

Die Gezeiten & Ich !

schallenden Gelächter der anderen Lietzer fingen wir an, den Drahtesel zu beladen. Erst die schwereren Taschen oder doch den Teppich zu erst. Nee, erst den Teppich und dann die eine Tasche mit dem Haltegurt und dann die anderen. Ging auch nicht gut. Jetzt haben wir s, erst die Taschen und dann den Teppich. Geht auch nicht. Und nun?! Also jeder nimmt eine Tasche auf den Rücken und ne kleine Tasche in die Hand, dann den Teppich längs des Esel's und den Rest obenauf. Ja so geht s. Nee auch blöd, zu schwer und jetzt ?. Zum Glück , die E-Karre kommt und unser Transportproblem war im hier und jetzt gelöst! Aus Solidarität der anderen gegenüber ließ ich mein Fahrrad auch mit auf dem

Die Gezeiten & Ich !

Anhänger transportieren. So liefen wir also über den Deich an Düne 13 vorbei zur Lietz. Endlich angekommen freuten wir uns schon auf einen schönen heißen Kaffee.

Ein Fahrrad ist eben nur ein Fahrrad und kein Lastenesel!

Schade eigentlich, hätte ja klappen können.

Die Gezeiten & Ich !

Skiabfahrt im Schuss

Im Januar 1982 hatte es tagelang geschneit und die Temperaturen lagen weit unter dem Gefrierpunkt.

Tiefer Schnee, wohin das Auge auch sah. Der Schnee umhüllte alles in teils bizarre und teil weiche Formen und Lietz lag in mitten einen wunderschönen Schneelandschaft. Die Lichter der Schule spiegelten sich abends im Schnee. Schneeverwehungen säumten den Hellerpad und auch der Innenhof mit der Glocke glich einem Miniaturabbild der Alpen, so hatte es die Tage zuvor geschneit. An einem Sonntag nach dem Mittagessen, damals gab es noch kein Brunch, fragte man

Die Gezeiten & Ich !

mich, ob ich nicht auch zum Skifahren mitkommen wollte. Skifahren hier auf Spiekeroog, wie geht das denn? Na klar wollte ich mit und so zog ich mich warm an, Mütze von Mutter'n auf und los ging's Richtung Dorf. Bei der Düne 13 machten wir halt. Hier fahren wir Ski !Ich muss wohl etwas verstört geguckt haben, denn gleich kam die Frage hinterher, hast du etwa Angst? Ich habe die Frage nicht beantwortet. Also los auf ging s, die Stufen zur Aussichtsplattform hoch. Der Blick über die verschneite Insel war toll, aber darum ging es ja hier nicht. Bist du schon mal Ski gefahren? Nein, antwortete ich. Ach das ist ganz leicht, einfach auf den Skiern halten und nicht fallen! Ja klar, verstanden! Natürlich,

Die Gezeiten & Ich !

ist doch einfach. Hier zieh
meine Skistiefel an und dann
helfe ich dir in die Skier. Mir
wurde schon ganz anders,
aber jetzt bloß nicht s
anmerken lassen. Und da
Stand ich nun mit dem Blick
ins tiefe Tal. Es waren wohl
17 Meter bei leichtem Gefälle.
Ein paar Sanddornsträucher
zeigten einem den ungefähren
Weg nach unten. Los jetzt fahr
schon, wir wollen auch noch,
hörte ich es hinter mir
brummen. Mein ganzen Mut
zusammen genommen und auf
ging s gen Tal. Von wegen an
Sanddornsträuchern vorbei,
mitten durch. Ich dachte nur
an den Satz „ ganz einfach,
nur auf den Skiern halten",
aber so leicht war das gar
nicht. Und so kam es , wie es
eigentlich auch kommen
musste, nach der Hälfe der

Die Gezeiten & Ich !

Schussfahrt riss mich dann eine Krüppelkiefer von den Skiern und ich flog durch die Luft und landete nicht gerade weich im Sanddornstrauch .Das war es dann mit mir und dem Skiabfahrtslauf. Mit einigen Schmerzen und Sanddornstacheln in den Händen und im Hinterteil ging ich dann zur Lietz zurück, während die anderen noch weiter Ski fuhren .

Nach dem sonntäglichem Wintersport habe ich mich eher auf s Schlittenfahren konzentriert.

Die Gezeiten & Ich !

Schüleraustausch nach England!

Mitte der 80ziger Jahre gab es zwischen der St Christopherus Schule in Lethworth England und unserer Schule ein Schüleraustausch. Damals kam erst die 8 Klasse zu uns auf die kleine Insel und dann fuhren wir im Austausch auf die große Insel England für zwei Wochen. 14 Tage bei den Tommy's und Claas und ich mitten drin!

Die Vorbereitungen liefen auf Hochtouren! Im Englisch / - Erdkundeunterricht wurden in den nächsten Wochen über nicht's anderes geredet als die Fahrt nach England! Wir lernten, das Lethworth die erste Gartenstadt Englands

Die Gezeiten & Ich !

war, architektonisch als Ring angelegt und 30 km nördlich von London lag. Welche Besonderheiten es gab und welche Defizite wir noch in der Sprache verbessern mussten! Naja, das letztere war uns eher nicht so wichtig, aber gehörte ja dazu!

Endlich war der Tag gekommen und es ging los! Also wir , die 8 Klasse, betreut von unseren Lehren Franz und Nobert traten die Reise nach England an. Wir fuhren mit dem Zug über Köln nach Ostende in Frankreich, um dort die Fähre nach Dover zu nehmen. Nach 7 stündiger Überfahrt und dem fast Aufkauf sämtlicher Schokoladensorten aus dem Duty Free Shop setzte sich dann die Reise auf nun mehr

Die Gezeiten & Ich !

englischem Boden über London nach Lethworth fort. Da wir mit der Fähre über Nacht gefahren sind, kamen wir am Nachmittag in Lethworth an. Am Bahnhof wurden wir von deren Deutschlehrer Edwin schon erwartet. Etwas dauerte es noch und dann waren wir in der Schule angekommen. Müde und kaputt von der Reise wurden wir zum Teil auf Schulzimmern untergebracht und zum Teil auf Gastfamilien aufgeteilt. Claas war mit anderen in einem Schulzimmer untergebracht worden, während ich zu einer Gastfamilie kam.
Die Familie, in der ich aufgenommen wurde, wohnte nicht weit vom Schulgelände weg. Eine sehr liebe und nette

Die Gezeiten & Ich !

Familie, der Mann Engländer, die Frau Deutsche und somit keine Verständigungsprobleme. Danke dachte ich nur! Sie hatten auch zwei Kinder Rachel und Tom, die mich auch gleich in die Familie mit integriert haben! Das Gästezimmer ,welches ich nun für eine Woche bewohnen durfte, war typisch englisch. Und wer glaubt schon alles gesehen zu haben, der irrt, denn es geht immer noch ein bisschen schlimmer. Ich bewohnte den blauen Salon. Ein Zimmer ganz in Blau. Die blauen Farbtöne waren perfekt aufeinander abgestimmt und passend zum Nippiss, der den Raum mit Kitsch überflutete. Eine Woche ist OK.!
Am späten Abend trafen wir uns noch mal alle in der

Die Gezeiten & Ich !

Schule, um gemeinsam die kommenden Tage zu besprechen, an welchem Unterricht wir teilnehmen sollten und wann wir die Stadtrundfahrt machen. Als alles fürs erste besprochen war, bin ich froh gewesen, ins Bett gehen zu dürfen!

Am nächsten Tag trafen wir uns alle vor Unterrichtsbeginn in der Schule um noch ein paar Verhaltensregeln von Franz und Norbert zu hören! Und dann ging es auch schon los. Deutschunterricht an einer englischen Schule. Es war schon sehr beeindruckend, wie gut die Englischen Schüler Deutsch sprachen und wie schlecht wir doch Englisch konnten! Egal, 45 min. sind auch in England 45 min. und Pause!

Die Gezeiten & Ich !

Der Vormittag verlief eigentlich wie auf Lietz: Unterricht!
Und so verliefen die ersten drei Tage in Lethworth. Endlich war der Tag gekommen, wo kein Unterricht war, sondern Ortsbegehung oder auch Stadtrundführung genannt. Nun konnten wir all unser Wissen umsetzen, was wir über Lethworth vor der Reise so innig gelernt hatten und es war wirklich interessant. Die Coca Cola jedoch bei Mc Donalds schmeckte irgendwie anders als bei uns in Deutschland! Claas und ich machten viel, wenn nicht alles zusammen und so unternahmen wir auch schon mal eigenmächtig ein paar Exkursionen durch Lethworth. Claas hatte die Orientierung

Die Gezeiten & Ich !

und ich kein Plan! Nach den ersten Tagen kamen auch schon die ersten Freundschaften zu englischen Schülern und so traf man sich Abends in einem Park nahe der Schule und begann mit der Völkerverständigung im gebrochenen Englisch und Deutsch, sowie Händen und Füssen. Und wir hatten alle mächtig Spaß dabei.
Und so verbrachte man fortan den Tag erst mit Unterricht und Abends im Park. Die erste Woche neigte sich dem Ende zu und es ging weiter nach Dartmoor.

Die Gezeiten & Ich !

Wildes Camping in Dartmoor

Mit der dortigen 8. Klasse fuhren wir nach der ersten Woche in Lethworth England weiter in den Süden von England. Unser erstes Ziel war Dartmoor. Von Dartmoor wusste man nicht viel, nur eines dort gab es das älteste Zuchthaus in England mitten im Moor.

Mit zwei Bulli's fuhren wir also los. Immer schön links halten, was für unsere Lehrer Franz und Norbert auch nicht immer ganz einfach war, denn schließlich fuhren Sie den englischen Billy.
Die Fahrt verlief einigermaßen ruhig, meine Mitschüler schliefen zum teil

Die Gezeiten & Ich !

oder spielten Karten. Plötzlich wurden wir von den englischen Schülern attackiert, die im Bully vor uns fuhren. Denn sie schmissen Essen aus ihren Lunchpacketen während der Fahrt auf unsere Windschutzscheibe, was nicht bei allen gut an kam. Uns wurde der Gegenschlag verboten. Am nächsten Rastplatz gab es richtig meckern vom Feinsten für die Schüler des englischen Team's. Und schon ging's weiter Richtung Postbridge. Unser Weg führte uns ins Nirgendwo .In mitten eines Nationalparks umgeben von Schafen und Wildpferden schlugen wir unser Lager auf. Unberührte Landschaften, wohin das Auge auch sah. Der Himmel hängt hier höher und

Die Gezeiten & Ich !

die Luft ist hier reiner!

Als Claas und ich unser Zelt aufgebaut hatten und unsere Sachen verstauten, gab es auch schon die nächste Besprechung, eine sogenannte Lagerbesprechung. Es gab zwei Spaten einmal in rot und einmal in blau. Da es ja weit und breit keine Örtlichenkeiten gab, wurde klar definiert, Rot für die Mädchen und Blau für die Jungs.
Gut das das mal geklärt wurde!

Wir bauten alle zusammen eine Feuerstelle und schwärmten aus, um Holz zusammeln. Da es schon spät geworden war und die Dämmerung eingesetzt hatte, gab es Grillwurst und

Die Gezeiten & Ich !

Stockbrot. Das wurde auch Zeit, denn wir hatten ja schließlich unser Lunchpacketen brav während der Fahrt aufgegessen!
Gegen 22:00Uhr war dann Bettruhe angesagt, jedoch war man viel zu aufgeregt von den Eindrücken des Tages und den Geräuschen in der Nacht um schlafen zu können.
Kaum geschlafen wurden wir dann auch schon wieder alle geweckt.

Nach einem Campingfrühstück und die Benutzung des blauen Sparten ging es dann auch schon zum wandern. Vom Basislager aus machten wir uns alle auf den Weg, die Umgebung von Postbridge in Dartmoor gelegen zu erkunden. Der Fußmarsch war für uns

Die Gezeiten & Ich !

Deichbewohner nicht unbedingt das Schlimmste, jedoch das auf und ab von Hügeln, die höher waren als unsere Deiche machten uns etwas zu schaffen. Die Landschaft war atemberaubend, bizarre Felsformationen, Wildbäche und hin und wieder ein paar Wildpferde. Wir lernten, wie die Landschaft durch die Eiszeit geprägt wurde, wo Gletscher einst waren und welche Spuren diese gewaltigen Eismassen zurück gelassen haben. Es war schon sehr beeindruckend. Am späten Nachmittag kehrten wir in unser Basislager zurück.
Dort erfuhren wir auch, was sich unsere Lehrkörper haben einfallen lassen.
Übernachtung unter freiem

Die Gezeiten & Ich !

Himmel in einen Safebag.

Wir wurden also mit den zwei Bully's kilometerweit vom Basislager ausgesetzt. Was wir hatten war unser Schlafsack, wetterfeste Kleidung und einen überdimensionalen Müllsack. Die Dämmerung hatte schon eingesetzt und so errichteten Claas und ich unser Müllbeutellager. Erst die Schuhe jeweils links und rechts in den Müllsack, dann den Schlafsack hinein, fertig .Nachdem wir unsere Katzenwäsche hinter uns gebracht hatten, stiegen wir also, wie jeder andere auch in unser Safebag .Es war schon toll, in freier Natur in den Sternenhimmel zu gucken, umhüllt von einer Plastikschicht. In dieser Nacht

Die Gezeiten & Ich !

war die Luftfeuchtigkeit sehr hoch und in den Morgenstunden kam Nebel auf.

Kaum geschlafen und von der Feuchtigkeit kalt und klamm wurden wir dann am Morgen von unseren Lehrkörpern wieder abgeholt und mit den zwei Fahrzeugen zurück ins Basislager gefahren, wo wir erstmal länger bei Kaffee und Tee frühstückten. Kaum fertig ging's auch schon weiter.

Die Nacht war nicht genug!

Die Gezeiten & Ich !

Der Orientierungslauf durch Dartmoor

Aufgewärmt vom Kaffee und Tee erklärten uns Franz und Norbert, das wir heute einen orientierungslauf machen. Wir bekamen eine Karte und einen Kompass und sollten dann an Hand der Karte und dem Kompass den Weg zum Basislager zurück finden! Gesagt, getan.

Wieder alle Schüler in die Bully's verteilt und auf ging ´s. Die Fahrt dauerte schon eine weile, bis wir wieder anhielten und unsere Wanderausstattung bekamen. Claas, Frank Dassel, Lennard und ich schlossen uns einer englischen Gruppe an. Diese Verbindung hielt jedoch nicht ganz zwei Kilometer. Denn

Die Gezeiten & Ich !

dann gab es die ersten Meinungsverschiedenheiten zwischen Engländern und Deutschen, was das Kartenlesen betraf kombiniert mit dem Einsatz eines Kompass.
Kurz um nahm Claas eine Karte und einen Kompass und so folgten wir fortan unserem Leithammel Claas. Wer sich im Wattenmeer vor Spiekeroog auskennt, der findet auch den Weg zurück zum Basislagen. So war die einstimmige Meinung von Frank, Lennard und mir. Und so war es auch.
Wir folgten also Claas Kompass und der Karte. Der Weg führte über Felder, Hügel und wieder Felder. Unzählige Kilometer liefen wir auf und ab, bis wir an einen Bachlauf kamen! Dieser Bachlauf

Die Gezeiten & Ich !

führte uns zum Basislager zurück. Immer dem Bach entlang an Kuhweiden, Schafweiden vorbei .Nur Weiden und Steinwälle wo man auch hinsah, bis wir in der Ferne schon unsere Zelte sehen konnten. Nicht mehr lange und wir sind da. Nur noch über ein Gatter klettern, aber wer schaffte es nicht .Unser Frank. Erkletterte wie eine Grazie über das Gattertor, verhedderte sich mit einem Fuß, knickte um und prellte sich den Fuß. Na toll, aber glücklicherweise war es ja nicht mehr soweit, vielleicht ganze 700 m noch. Also hakten Claas und ich uns links und rechts bei Frank ein und liefen gemeinsam am Campingplatzpub vorbei, wo große Lehreraugen uns ansahen! Wir hatten die Streck

Die Gezeiten & Ich !

immerhin in vier Stunden
zurück gelegt und waren
somit die ersten im
Basiscamp. Nach unserer
Wanderung und der
Versorgung von Frank's Fuß
legten wir uns in unsere Zelte.
Ganze sechs Stunden später
kam dann auch die andere
Hälfte unserer Truppe an! Gut
das wir Claas bei uns hatten!

Die Gezeiten & Ich !

Kajakfahrt bei Sandy Bay im Ärmelkanal

Nach dem wir Dartmoor hinter uns gelassen haben, ging unsere Reise weiter über Exeter nach Sandy Bay. Einer Kleinstadt an der Küste zum Ärmelkanal.
Heute stand für den Nachmittag Kajak fahren und für den späten Nachmittag ein englisches Theaterstück in Exeter auf dem Programm.

Wir freuten uns alles auf das Kajak fahren im Ärmelkanal. Die Wassertemperatur lag um diese Jahreszeit bei 15°C, was nicht all zu warm war. Los ging´s, alle raus aus dem Bus und an den Strand. Dort gab es die letzten Einweisungen auf das Paddelgefährt. Die Brand am Strand war Klasse.

Die Gezeiten & Ich !

Nicht sehr hohe Wellen, die sich am Strand brachen, aber sie reichten um das Kajak wie ein U-Boot eintauchen zulassen. So war es auch bei mir. Ein herrliches Gefühl, in voller Theaterausgehkleidung sitzend im Kajak, vor mir die endlose Weite des Ärmelkanals und linker Hand Fels und Steilküste von Sandy Bay. Mit dem Doppelpaddel in der Hand machte ich mich auf den Weg vom Strand durch die Brand.
Normalerweise sei an dieser Stelle erwähnt, das zu einer korrekten Ausstattung auch eine so genannte Spritzdecke gehört .Dieser zieht man sich über den Kopf und runter bis auf Hüfthöhe .Der Zweck dieser Spritzdecke ist ganz einfach, sie verhindert das Wassereintreten ins Kajak. Ich

Die Gezeiten & Ich !

hatte so eine Spritzdecke nicht!
Ich schoss also los in die Brandung und mein Kajak Durchstoß die Wellen und tauchte mehrmals wie ein U-Boot ein. Durch die Brandungswellen durch endlich auf ruhiger Fahrt fühlte ich mich, als würde ich in einer mit kaltem Wasser gefüllten Badewanne sitzen. So war es dann auch .Der Wasserstand im Boot machte ein weiterkommen über Wasser unmöglich und so übernahm der Autopilot im Kajak eigenmächtig die Fahrt nach unten. Zum Glück waren neben mir auch Kajakfahrer mit Spritzdecken, die schlimmeres verhindern konnten .So hielt ich mich links und recht jeweils an einem Kajak fest, während ich

Die Gezeiten & Ich !

mit meinen Füssen ein weiteres absinken meines Kajaks verhinderte. Mit viel Kraftaufwand im kalten Wasser zog ich meine Beine soweit zur Wasseroberfläche, das die Spitze vom Boot gegriffen werden konnte. Langsam aber sicher zogen wir alle uns ans Land. Schön, wenn man wieder Grund unter den Füssen hat. Ein durchaus beruhigendes Gefühl. Ich war nass, mir war kalt, der Wind pfiff. Immerhin Kajak gerettet.
Schade war nur, das ja die trockenen und warmen Klamotten in der Unterkunft waren und nicht im Theater .Als erste Maßnahme wurde ich in eine warme Decke eingehüllt und ich konnte mich abtrocknen, während andere lachten. Also fuhr man

Die Gezeiten & Ich !

mit mir zur Unterkunft, damit ich mich umziehen konnte! Danke!
Rechzeitig zurück ging's dann ins Theater .Ich muss gestehen, zum damaligen Zeitpunkt war mein Englisch noch nicht so gut, also lachte ich wenn alle lachten! Ich war viel mehr mit meiner Ärmelkanalodysse beschäftigt. Was für ein Tag und den Engländern ihr Boot gerettet.

Die Gezeiten & Ich !

Der Römertopf, der Wein, der Familienabend

Ein Familienabend war immer etwas besonderes. Man konnte zusammen mit den Familienschwestern und Brüdern und natürlich dem Familienvater ein gemeinsamen Abend verbringen. Eben einen Familienabend. Es wurde zusammen gekocht, gespielt, man erzählte von sich und anderen.
Zu dieser Zeit, 1987 war in der Familie von Tilman Leidig. Mein Familienvater war ein herzensguter Mensch, der seine Liebe der Geschichte vor 1945,den römischen Münzen, den Büchern und dem Wein schenkte. Und wie könnte es auch anders sein, an diesem

Die Gezeiten & Ich !

Abend wurde etwas im Römertopf gekocht. Wir trafen uns alle zusammen bei Tilman in der Wohnung ,um einen gemütlichen Abend zu verbringen. Zu Anfang wurden die Aufgaben verteilt, Fleisch zubereiten, Gemüse schneiden, Nachtisch vorbereiten. Mit den Aufgaben waren wir alle lange beschäftigt, bis dann endlich der Römertopf gefüllt werden konnte. Ofenzeit ca. 2 Stunden! Nun gut, konnte man die Zeit bis zum Essen mit spielen überbrücken oder Tilman erzählte von den alten Römern, was nicht immer jedermann interessierte und zuweilen sehr anstrengend war. Aber dafür möchten wir Tilman, er war eben in seinem Element, der Römerzeit. Und so lauschten wir den

Die Gezeiten & Ich !

Erzählungen von Tilman über die ersten und zweiten Punischen Kriege und dass der damalige Geschichtsschreiber Livius bei der Aufzeichnung Schiffe und Geschehnisse unterschlagen hat. Man muss dazu sagen, das Tilman bis dato fast sein ganzes Leben daran gesetzt hat, diese Unterschlagung von Livius zu beweisen! Und so kam Duffy, und mir eine glorreiche Idee, aber davon später mehr. Die Zeit ging ins Land und der Römertopf tat sein bestes. Endlich gab es etwas zu essen. Da Tilman ein Weinliebhaber war, gab es natürlich einen leckeren Weiswein zum Essen. Man muss vielleicht dazu sagen, das seine Wohnung aus zwei Zimmern bestand, und so war

Die Gezeiten & Ich !

es immer eine
Herausforderung für ihn, seine
Weinkisten unter zu bringen.
So wurden also auch
Weinkisten unter dem Esstisch
verstaut. Gut für uns! Das
Essen wurde serviert und es
schmeckte uns allen gut. Ein
Prost auf die alten Römer!
Leider war für 8 Personen von
Tilman nur 2 Flaschen Wein à
0,7l erlaubt. Das war aber für
uns kein Problem, denn unter
dem Tisch gab es ja noch
reichlich und so zog man
vorsichtig eine Flasche nach
der anderen aus einem Karton,
ohne das Tilman etwas
bemerken konnte und öffnete
diese vorsichtig mit dem
Korkenzieher unter dem
Tisch. Und immer, wenn
Tilman den Raum verließ und
dafür konnte man ja sorgen,
füllte man die Gläser nach.

Die Gezeiten & Ich !

Das Essen war nach dem Nachtisch beendet und alle halfen beim Abräumen und spülen ,obwohl es schon mit der Treffsicherheit beim Abwaschen merklich nachließ. Man lachte und war entspannt und ausgelassen. Ich weiß nicht mehr wie viele zusätzlichen Weinflaschen wir letztlich geöffnet hatten, aber es waren schon einige! Der Abend ging zu neige und wir gingen alle in unsere Zimmer. Es war ein schöner und gelungener Familienabend. Am anderen Morgen hat Tilman sich nur gewundert, wo die ganzen leeren Flaschen unter seinem Tisch her kamen. Böse war er uns aber nicht!

Die Gezeiten & Ich !

Meerwasser aus dem Schwimmbad

1987 fuhr ich nicht ins verlängerte Wochenende zu meinen Eltern sondern blieb mit einigen wenigen Schülern/innen im Internat. Blieb man also auf Lietz, war es für jeden klar, Tätigkeiten zu übernehmen, die man sonst auch in seiner Gilde übernahm. Ich war zu dieser Zeit in der Aquariumsgilde. Also hieß es für mich, sich um das Aquarium während des verlängerten Wochenendes zu kümmern. Meine Aufgaben bestanden darin, die Fische und Meeresbewohner zu füttern und den ph-Wert sowie den Nitrit und Nitrat Gehalt des Wassers zu prüfen, um Notfalls einzugreifen .Das Meerwasseraquarium bestand

Die Gezeiten & Ich !

aus 18 Vollglasbecken unterschiedlichsten Größen mit einem Wasserdurchlauf von 5.000 l pro Stunde. Die Becken beherbergten nicht nur Knurrhähne und Schollen, sondern auch Seeigel und Katzenhaie. Letztere waren erst wenige Monate alt. Die Becken waren so gestaltet, das jeder, wenn er die Tiere beobachtete , etwas lernen konnte. So hatte das Becken mit den Schollen beispielsweise verschiedene Untergründe von Sand über Kies zur Miesmuschelbank. Wenn die Schollen also sich im Becken bewegten, so sah man , das sie ihre Pigmente auf dem Rücken veränderten, um sich so zu tarnen, damit Raubfische sie nicht sehen konnten. Für mich war es immer wieder toll, zu sehen

Die Gezeiten & Ich !

was es alles in der Nordsee gab. Eben nicht nur Krabben und Seesterne, sondern Neonfische, Tintenfische und vieles mehr.
Am Samstag gegen 8.00 Uhr machte ich meine gewohnte Runde ins Aquarium um zu sehen, ob alles in Ordnung war. Ich nahm die Reagenzgläser, befüllte sie mit dem Wasser aus den Becken und gab eine Chemikalie nach der anderen hinein. Zu meinem entsetzen musste ich feststellen, das kein Wasserwert stimmte. Der Nitrit und Nitratwert waren viel zu hoch und auch der ph-Wert war im roten Bereich. Das Wasser war also vereinfacht gesagt übersäuert und durch Fischfutter und andere organischen Substanzen verdreckt. Ich

Die Gezeiten & Ich !

beschloss schnell zu Marianne zu gehen, unsere Kunst und Werte & Normen Lehrerin, da sie die E-karre mit dem Wassertank fahren durfte .Unser Hausmeister Herr Krummreich war zu dieser Zeit anderswo beschäftigt. Und so klopfte ich an die Tür von Marianne's Wohnung. Leider wurde mein klopfen nicht erhört und so beschloss ich kurzer Hand selber die E-Karre zu fahren. Meinen Führerschein hatte ich ja. Ich lud den Wassertank auf die Ladefläche von der E-Karre und verkeilte diesen gut. Dann setzte ich mich in die E-Karre ans Steuer ,drehte den Schlüssel um und los ging's an der Werkstatt vorbei, um die Kurve vor dem Haupteingang und weiter ins Dorf. Ganz gut ging es mir bei

Die Gezeiten & Ich !

dieser Aktion nicht, aber ich tat es ja für die Fische und Meeresbewohner .Die ganze Fahrt ins Dorf über malte ich mir schon aus ,was alles so passieren kann, wenn mich jemand sieht. Im Dorf angekommen bin ich natürlich durch den Dorfkern auf dem schnellsten Weg zum Meerwasserschwimmbad gefahren, wo der Bademeister schon auf mich gewartet hatte, denn ich hatte ihn vorher angerufen, das jemand vorbei kommt, um frisches Meerwasser zu holen. Ich rangierte also die E-Karre rückwärts zur Zapfstelle und legte den Schlau von der Zapfstelle in die Öffnung des Tanks. Und los ging es, Wasser marsch! Der Tank hatte in etwa das Fassungsvolumen, was ich

Die Gezeiten & Ich !

auch an Wasser brauchte. Und so dauerte es auch , bis der Füllstand erreicht war. Ich bedankte mich beim Bademeister und machte mich auf den Rückweg zur Lietz. Und wieder führte mich der Weg durch den Dorfkern. Am Tabak und Zeitschriften Laden von Asendorf's schon fast vorbei, sprang plötzlich Herr Asendorf, ein guter Freund vom Hausmeister Krummreich seitlich vor die E-Karre. Mein Herz blieb fast stehen und ich musste etwas stärker Bremsen, so dass aus der Öffnung vom Wassertank Wasser austrat. Durch meinen Kopf ging jetzt nur eines: Jetzt bist du dran und ! Er machte die Beifahrertür auf, sah mich ernst an und sagte mit deutlicher Stimme: Hier ist der neue Stern für

Die Gezeiten & Ich !

Christian, kannst du ihm seine Zeitschrift mitnehmen?! Ja natürlich erwiderte ich und fuhr weiter durchs Dorf Richtung Lietz. Gerölllawienen fielen mir vom Herzen. Also doch noch alles gut gegangen. In Lietz angekommen fuhr ich auf direktem Wege zum Aquarium, wo Marianne schon grinsend auf mich wartete, denn sie hatte mich mit der E-Karre wegfahren sehen. Und hattest du ne schöne Fahrt? Ja ,ist wie Autoskooter fahren, antwortete ich. Sie lachte und sagte, das bleibt lieber unter uns. Zustimmend nickte ich und gab ihr die Zeitschrift Stern mit der bitte ,diesen Herrn Krummreich zu geben. Besser wird es wohl sein, sagte sie und du kümmerst

Die Gezeiten & Ich !

dich jetzt um den
Wasserwechsel und um die
Fische! Jawohl Marianne!
Und so tat ich es dann auch.
Seid dem einen mal bin ich
nicht ein einziges mal mehr E-
Karre gefahren.

Die Gezeiten & Ich !

Die punischen Kriege und Tilman

Da war ja noch die glorreiche Idee von Duffy und mir vom Familienabend.
An einem Abend auf Lietz in Duffy's Zimmer saßen wir beide zusammen, und überlegten uns, was wir aus der Unterschlagung von Livius alles so machen könnten. Wir wussten ja, das Tilman jahrelang den Beweis studierte, das Livius gelogen hatte. Tilman hatte wirklich jedes Buch, jedes Schriftstück über dieses Thema, was es wahrscheinlich auf der ganzen Welt gab entweder in seinem Besitz oder gelesen. Und so beschlossen wir ein Anzeige im Kleinanzeiger vom Wittmunder Tageblatt aufzugeben. Wir mussten nur

Die Gezeiten & Ich !

noch etwas finden, was Tilman in seiner Wohnung hatte ,was man im Kleinanzeiger tauschen konnte. Und so kam wir auf sein Spiegelreflexteleskop. Der Anzeigetext sollte lauten: Tausche 24 Bände in Leder gebunden über den 1 und 2 punischen Krieg, in dem bewiesen wurde, das der Gelehrte Livius Unterschlagungen bezüglich der Flottenzählung gemacht hat, gegen ein gut gebrauchtes Spiegelreflexteleskop. Bei Interesse bitte melden! Kurzum knobelten wir aus, wer bei der Zeitung anruft und so viel das Los auf mich. Im Telefonbuch unter Wittmund fand ich die Telefonnummer. Als ich den Hörer in die Hand nahm, kamen uns doch recht viele Zweifel, ob wir diesen

Die Gezeiten & Ich !

Streich durchführen sollten.
Und so besprachen wir uns
nochmals. Wir haben es
gelassen.
Aber Lustig wäre es gewesen!

Die Gezeiten & Ich !

Auf Fischfang mit der Gorch Fock

Um Fische für unser schuleigenes Meerwasseraquarium zu bekommen, wurden von August Kuhlmann, unserem damaligen Biologie Lehrer, weit über die Grenzen von Spiekeroog hinaus Kontakte zu anderen Aquarien geknüpft, um dort eventuell ein paar Meeresbewohner für unsere Becken zu bekommen. Warum in die Ferne schweifen ,wenn das Gute doch so nah liegt!
Mit dem Kapitän Jacobs von dem alten Fischkutter namens Gorch Fock mit Heimathafen Neuharlingersiel wurde ein Kontakt hergestellt. Wir, die Aquariumsgilde wollte gerne mit auf Fang gehen um Fische

Die Gezeiten & Ich !

und andere Meeresbewohner für unser Aquarium direkt beim Fang aus dem Meer zu bekommen.
Der Kontakt war hergestellt und Kapitän Jacobs war einverstanden. Perfekt, einmal im Leben Fischer auf einem Kutter sein!
August, Hightower und ich versammelten uns pünktlich um 18.00 Uhr im Hafen von Spiekeroog, um mit Eimern, Wannen und Sauerstofftabletten bewaffnet, an Bord der Gorch Fock gehen zu dürfen. Und da kam auch schon der Kutter die Fahrrinne zum Hafen hoch geschippert, drehte im Hafenbecken und machte längsseits am Anleger fest, damit wir an Bord gehen konnten.
Kapitän Jacobs empfing uns

Die Gezeiten & Ich !

alle freundlich und stellte sogleich ein paar wichtige Verhaltensregeln auf seinem Kutter vor, die wir exakt einzuhalten hatten. Ein paar dieser Verhaltensregeln waren: Wer kotzen muss, mit dem Wind ansonsten wird das Deck geschrubbt, alle tragen eine Schwimmweste, Wenn die Netze hoch geholt werden haltet ihr euch im hinteren Teil auf, wir rufen euch dann schon und Kaffe gibt es bei mir, aber ohne Milch und Zucker!. Klare Ansage!
Um ca. 19.00 Uhr nahm die Gorch Fock die Fangfahrt mit ablaufendem Wasser auf. Zunächst ging es am alten Anleger von Spiekeroog vorbei, weiter zwischen den Inseln Langeoog und Spiekeroog raus auf die offene See. Es dauerte eine ganze

Die Gezeiten & Ich !

Zeit, bis wir das Fanggebiet erreicht hatten. Es lag 12 Seemeilen westlich von Spiekeroog. Die See war durchwachsen, keine kleinen kibbeligen Wellen, sondern eher große ausgewogene Wellen bei Windstärke 6. Heidi, unsere liebe Hausdame, hatte uns Lunchpakete zurecht gemacht und mitgegeben, damit wir nicht auf See verhungern. Ich freute mich ganz besonders über die Nussecken, die waren einfach klasse. Mittlerweile war es schon 21.00 Uhr und wir erreichten das Fanggebiet. Kapitän Jacobs und seine Crew, bestehend aus seinem Sohn, machten die Netze klar und über eine Winde ließen sie diese beidseitig zu Wasser. Es war schon spannend und aufregend zugleich, einen

Die Gezeiten & Ich !

Fischfang auf See mit zu erleben. Der Wind frischte auf und beim Nachfragen sagte Kapitän Jacobs, wir haben jetzt 7-8, wird dir schlecht? Nee, mir doch nicht! Aber August! Am Heck des Kutters vernahm man würgende Geräusche, und Hightower und ich schmunzelten uns einen. Ich nahm gleich die Gelegenheit beim Schopfe und fragte August, ob ich seine Nussecke kriegen könnte! Er nickte und beugte sich wieder über die Reling. Plötzlich hörte man Motorgeräusche von den Winden der Netze. Das war das Zeichen für uns. Mit einem Eimer an einem Tau gefestigt holten wir frisches Wasser aus dem Meer, um unsere mitgebrachten Gefäße zu füllen. Die Netze wurden

Die Gezeiten & Ich !

eingeholt und sie waren prall
gefüllt .Am Deck wurden sie,
eines nach dem anderen
geöffnet und alles was sich so
im Netz befand kam in eine
Auffangwanne. Nach dem
Kapitän Jacobs und sein Sohn
den Fang für sich sortierten
gab er uns das Zeichen und
wir durften ran. Gespannt,
was alles im Netz war, gingen
wir vorsichtig nach vorne und
hielten uns an dem Handlauf
fest, denn die Wellen waren
höher geworden. Mit unseren
Eimern an der Auffangwanne
angekommen, sahen wir ein
Haufen beweglicher Masse.
Tausende von Schollen,
Seesternen, Neonfischen,
Einsiedlerkrebsen,
Tintenfische, Knurrhähne, um
nur ein paar auf zu zählen,
lagen vor uns in der Wanne.
Was für ein Anblick und

Die Gezeiten & Ich !

Erlebnis zugleich. Wir nahmen von jedem etwas und sortierten es in unsere Eimer und Plastikkisten und Wannen. Und so ging es die ganze Nacht, immer wieder wurden die Netze zu Wasser gelassen und wieder voll gefüllt an Bord geholt. Gegen 5.00 Uhr war dann der Fang für Kapitän Jacobs und seinem Sohn genug und wir nahmen wieder Kurz auf den Hafen von Spiekeroog. Gegen 7:30 Uhr liefen wir dann sichtlich erschöpft mit unserem erfolgreichen Fang in die Fahrrinne von Spiekeroog ein. Am Anleger wartete schon Hausmeister Krummreich mit der E-Karre auf uns, denn unsere Eimer und Wannen mussten ja noch zur Lietz zum Aquarium. Als die Gorch Fock am Anleger

Die Gezeiten & Ich !

festgemacht hatte bedankten wir uns beim Kapitän. Wir hatten den Eindruck, das es auch ihm mit uns Spaß gemacht hat. Zumindest wollte er sich mal ansehen, wo wir die Fische und Krebse denn so lassen.
Erschöpft und sichtlich von der Nacht gezeichnet traten wir drei den Weg zur Lietz an, während Krummreich schon vorfuhr.
In Lietz am Aquarium angekommen, ließen wir die neuen Bewohner in die für sie vorgesehenen Becken. Alle lebten und es war ein super tolles Gefühl. Und wir , wir durfen jetzt auch ins Bett, den Tag hatten wir Schulfrei!
Was für ein Erlebnis! ...., und diese leckeren Nussecken von Heidi!

Die Gezeiten & Ich !

Der Geist im Nebel

Besonders in der dunklen Jahreszeit kamen die Geister des Nebels oft auf die Insel. Es muss im Jahr 1986 gewesen sein, wo ich dem Nebelwesen das erste Mal begegnet bin.

An einem Samstag Abend im November im Jahr 1986 kam dichter Seenebel auf die Insel und umhüllte diese mit seinem weißen Gewand. Man konnte, auch wenn man es wollte, seine eigene Hand nicht vor Augen sehen.
Nach dem Abendbrot auf Lietz traf man sich auf irgendeinem Zimmer oder machte Sport in der alten Sporthalle oder bereitete sich für das Beathäuschen vor. An diesem Samstag hatte ich

Die Gezeiten & Ich!

mich mit Claas im Dorf bei
ihm zu Hause verabredet.
Nach dem Abendbrot ging ich
auf mein Zimmer und machte
mich für den Abend fertig.
Was heißt das eigentlich, sich
fertig machen? Nun, sicher
nicht das was man meinen
könnte, wenn man es liest.
Erstmal den Wasserkocher für
nen Kaffee anstellen, danach
Klamotten rauslegen, die man
tragen will, zwischendurch
eine Zigarette rauchen, CD
abspielen, Wasser aufgießen
und Milch vom Abendbrot in
den Kaffee geben und Kaffee
trinken. Nach dem Kaffee
trinken duschen gehen, wieder
kommen, neue Klamotten
anziehen, rauchen und fertig.
Noch eben zu Franz meinem
Familienvater und brav
abmelden und los geht s.
Es war schon eine recht

Die Gezeiten & Ich !

nebelige und trübe " Suppe" da draußen! Egal, Verabredung ist Verabredung und dazu steht man. Es dauerte schon etwas, bis ich mich im Nebel zurecht gefunden habe und dabei war es nur der kurze Weg zu den Naturwissenschaften, wo auch die Wohnung von Franz, meinem Familienvater war. Pflichtbewusst meldete ich mich ab, damit er wusste wo ich bin! Von Franz Wohnung zurück über den kleinen Innenhof durch den Durchgang an den Waschmaschinen vorbei, links rum zum Fahrradständer, wo mein Fahrrad angeschlossen stand. Man sah echt nicht weit und der Schein der Fahrradlampe brachte nicht wirklich viel Licht ins Dunkle.

Die Gezeiten & Ich !

Auf ging s, begleitet vom Lichtschein der Lietz vom Haupteingang ging es weiter die Senke runter ,die Lichter der Lietz verschwanden im nichts und die Fahrradlampe brachte nichts, als ein glimmender Schein im Seenebel. Ich konnte den Weg ins Dorf nur Schemenhaft erkennen und so kam ich auch des öfteren mit dem Fahrrad vom rechten Pfad ab und nahm hier und da ein paar Büsche mit oder wenn diese größer waren hielten sie mich fest. Endlich, in der Ferne konnte ich etwas Lichtschein erkennen, das mussten die Lichter vom Dorf sein. Und so war es auch, die Straßenlaternen zeigten mir den Weg durch den Nebel, der im Dorf nicht so extrem dicht war, wir mir schien. Aber es

Die Gezeiten & Ich !

liegt ja bekanntlich im Auge des Betrachters. Ich war froh, endlich bei Claas angekommen zu sein, denn so ganz "mulmich" war mir auch nicht. Und man nimmt im Nebel Geräusche und Gegenstände viel intensiver wahr.

Claas hatte schon auf mich gewartet und andererseits eigentlich bei dem Nebel nicht mit mir gerechnet! Das Handyzeitalter war damals noch nicht angebrochen und die Telefoneinheit lag bei 20 Pfennig! Mein Opa würde jetzt sicher sagen, das war damals viel Geld! Ja Opa, aber ich wurde auch nicht kurz nach dem Krieg geboren! Telefonzellen gab es wenige auf Spiekeroog! Und auf dem Weg ins Dorf keine einzige davon!

Die Gezeiten & Ich !

Claas und ich spielten Karten, hörten Musik und erzählten uns etwas oder ließen die vergangene Woche Revue passieren, was alles so in der Schule los war. Der Abend ging schneller dahin, als man wollte.
Und so machte ich mich zu später Stunde zurück auf den Weg zur Lietz. Der Nebel hatte nun auch das ganze Dorf in seinen Bann gezogen und man sah kaum die Hand vor Augen. Die Straßenlaternen versuchten, ihren Lichtschein durch den Nebel zu schicken, was hier und da auch gelang. Ich nahm also den Weg zur Lietz auf mich und beschloss, das Fahrrad lieber erstmal zu schieben, denn ans fahren war nicht zu denken, was sicher einige Gründe hatte.
Endlich am Deich

Die Gezeiten & Ich !

angekommen, verschwanden die letzten Laternenlichter im Nebel und vor mir lag eine dunkle Strecke im Nebel. Leichter Wind kam auf und es wurde frisch. Den Deich langsam runter und an den Salzwiesen gerade aus vorbei. In der Stille vernahm man raschelnde und knisternde Geräusche. Plötzlich sah ich etwas vor mir. Eine etwa 4 Meter hohe Gestalt, die mit Ihren Armen hin und her wackelte. Ein zucken durch fuhr meinen Körper und ich blieb wie "angewurzelt" stehen. Nach einer kurzen Zeit nahm ich all meinen Mut zusammen und ging auf das etwas zu. Mein Fahrrad fest im Griff. Schemenhaft sah ich in der ersten Kurve nach dem langen Weg vom Deich , wie sich etwas im Wind bewegte,

Die Gezeiten & Ich !

etwas was aus sah, wie die sonst an dieser Stelle stehende Krüppelkiefer! Und tatsächlich, sie war es. Erleichterung machte sich in diesem Moment bei mir bemerkbar und ich hatte das Gefühl, als fielen Steine von meinen Schultern und das Blut floss wieder weiter in meinen Adern.
Weiter ging es, schnell und ohne größere Aufenthalte zur Lietz. Ich war an diesem Abend froh, die Lichter der Schule schnell zu erreichen um mich vor den Gestalten des Seenebels in Sicherheit zu wiegen.

Der Geist des Nebels war friedlich und auch andere hatten schon mit ihm Bekanntschaft gemacht, wie wir bei unseren Erzählungen

Die Gezeiten & Ich !

feststellten!

Noch heute steht der Geist bei
Seenebel an der gleichen
stelle, wie einst vor 27 Jahren!

Die Gezeiten & Ich !

Das Radio-Interview im WDR

An einem verlängerten Wochenende fuhr ich nicht zu meinen Eltern nach Nordfriesland, sondern blieb zu Hause auf Lietz. Meistens ging so ein verlängertes Wochenende von Donnerstag bis Montag, je nach dem, wie die Brückentage über Pfingsten gelegt wurden. Verlängertes Wochenende heißt, Ausschlafen ,mal das tun, was man sonst nicht tat, oder einfach mal kein Unterricht! Was war das schön. Klar, jeder der auf Lietz blieb, war für seine Gilde oder für die ihm oder ihr aufgetragenen Pflichten verantwortlich .Nicht alle Lehrer verließen die Insel, nein einige blieben auch da

Die Gezeiten & Ich !

und kontrollierten die Aktivitäten von uns da gebliebenen Schüler und Schülerinnen. So auch Marianne, meine Kunst und Werte & Normen Lehrerin. Am Freitag in der Früh, es muss gegen Acht gewesen sein, klopfte es an meiner Tür und so wurde ich aus meinem Schlaf gerissen.
Ja, bitte, sagte ich verschlafener Weise. Die Tür ging auf und Marianne stand in meinem Zimmer. Hast du Lust, ein Interview mit dem WDR Radio zu führen, in zwei Stunden sind die Herren in der Schule und wollen einen Bericht mit Herrn Henke und einigen Schülern machen! Radio ‚Interview, wie cool ist das denn, dachte ich mir und sagte sofort zu. Klar mach ich da mit!

Die Gezeiten & Ich !

Schlafen war gestern, aufstehen ist heute dachte ich und machte mich fertig.
Interview, was die wohl alles Fragen werden.
Die zwei Stunden vergingen wie im Flug und Marianne holte mich ab, um mit mir gemeinsam ins Lehrerzimmer zu gehen, wo die Herren vom WDR schon warteten. Herr Henke, unser Heim und Schulleiter wurde schon kurz vorher interviewt und so sagte er zu mir, du machst das schon und verließ den Raum mit Marianne. Die beiden vom WDR wollten ein Interview mit einem Schüler, der frei und ungezwungen gefragt werden sollte.
Innerlich dachte ich mir schon, falsche Antwort gleich Flutpfähle im Wattenmeer, wie bei den Piraten, aber so

Die Gezeiten & Ich !

war es nicht.
Die beiden stellten sich vor und erklärten mir wie das alles so mit dem Interview funktioniert. Ehe ich mich versah, hatte ich auch schon ein Mikrofon vor der Nase. Die erste Frage war, warum ich hier im Internat bin und nicht wie andere auf dem Festland, die zweite Frage war, was man alles so außerhalb des Unterrichts machen kann. Es folgten noch viele weitere Fragen, die ich, wie ich glaube, mit Bravur beantwortet habe .Es kam mir wie eine Ewigkeit vor, doch es dauerte nur 20 min.
Die beiden vom WDR bedankten sich und sagten ‚das der Sendetermin im Radio noch durch Herrn Henke bekannt gegeben wird, sobald dieser vorliegt .Super

Die Gezeiten & Ich !

cool und ich dabei!
Endlich war es soweit, das verlängerte Wochenende lag schon Wochen zurück und der Sendetermin im Radio auf WDR rückte immer näher.
Und dann war es soweit. Jeder auf der Lietz war gespannt auf das Interview mit Herrn Henke und das mit mir! Der Sendetermin war an einem Nachmittag und so wurden alle Aktivitäten, wie Gilden oder PA oder gar Unterricht kurzzeitig für diesen Termin unterbrochen. Jeder saß mit mehreren am Radio und lauschte den Fragen und unseren Antworten. Und dann war mein Interview, stolz wie Oskar, lauschten alle meinen Worten im Radio. Man lachte und ich bekam lobende Worte von jeden Mitschüler/Innen und Lehrer/in.

Die Gezeiten & Ich !

Theaterstück auf platt!

Anlässlich der 60. Jahr-Feier der Hermann Lietz Schule auf Spiekeroog führte die Theatergilde am 07.05.1988 um 19:00 Uhr ein Stück mit dem Namen " Der kühne Schwimmer" in der Inselhalle auf.
Damals war "Not am Mann" und so kam es, das ich die Bretter, die die Welt bewegten, betrat, ich wurde Mitglied der Theatergilde. Mein schauspielerisches Können konnte ich schon bei den Stücken, Der Lügner und die Nonne, Romulus der Große und letztlich beim kühnen Schwimmer unter Beweis stellen.
Monate vor dem großen Auftritt:

Die Gezeiten & Ich !

zwei mal die Woche traf man sich von der Theatergilde in der Bibliothek, um neben dem Unterricht und den anderen alltäglichen Dingen Sprach und Gestik/ Mimik-Übungen zu proben. Für mich gab es noch eine Besonderheit, denn das Theaterstück, welches zur Feier aufgeführt werden sollte, spielte eigentlich am Starnberger See und war auf bayrisch. Nun ist ja Spiekeroog bekanntlich nicht in Bayern. Und so wurde das Stück kurz um auf unser Norddeutschland, unsere Insel umgeschrieben. Es war eigentlich nicht schwer, denn der Text war ja auf Hochdeutsch. Nur eine Rolle, die des Hein Oldewuddel wurde auf Plattdeutsch umgeschrieben, da diese Rolle einen echten Spiekerooger

Die Gezeiten & Ich !

Seemann darstellen sollte.
Und?! Diese Rolle spielte ich.
Fortan musste ich nicht nur
englisch und französisch
lernen und sprechen, nein, nun
auch noch Plattdeutsch lernen
und sprechen. Es ist schon
eine gewaltige
Herausforderung eine Rolle in
3 Akten in Plattdeutsch zu
sprechen und zu spielen.
Damals hat mir Anja Schoof
beim Abfragen geholfen und
meine plattdeutsche
Aussprache hier und da
verbessert. Und so ging ich
,wann immer wir beide Zeit
hatten zu ihr und paukten
Plattdeutsch bei einem
Jasmintee. Ich war froh, das
Anja sich die Zeit nahm.
Das Datum der Aufführung
kam immer näher und die
Nervosität wurde merklich
größer.

Die Gezeiten & Ich !

Und so übte ich immer fleißiger meinen Text auf Plattdeutsch. Da ich ja aus Nordfriesland kam, stellte ich sehr schnell gravierende Unterschiede in der Aussprache der beiden plattdeutschen Dialekte fest. Das Spiekerooger Inselplatt hat mehr stark betonte Wörter und Wörter mit anderer Bedeutung als ich sie kannte! Aber mit der Zeit und mit Hilfe von Insulanern, wie etwa Claas Vater Karl war alles zu schaffen. Und in der Aussprache wurde ich immer sicherer.

In den letzten zwei Wochen vor dem Auftritt trafen wir uns von der Theatergilde schon fast jeden Tag nach dem Unterricht am Nachmittag und die Proben wurden immer mehr zur Geduldsprobe für

Die Gezeiten & Ich !

alle, den vieles saß noch nicht richtig und vieles wurde noch erneut einstudiert .Wer trägt welches Outfit und wer wird wie von wem geschminkt.
Und dann war es soweit, der große Tag war plötzlich da.
 An diesem Samstag war unsere Lietz der Mittelpunkt der Insel und viele Freund und Bekannte, Altbürger und Familien sind gekommen, und das großartige Fest mit uns zu feiern. Es war für uns alle spannend und aufregend zugleich, den Erzählungen und Worten der Altbürger zu lauschen.
Die Feier war im vollen Gange und viele Aktivitäten wurden von uns angeboten und von unseren Gästen genutzt. Und dann der Blick auf die Uhr: 16:00 Uhr! Nun begannen für uns die

Die Gezeiten & Ich !

Vorbereitungen in der Inselhalle.
Wir trafen uns im hinteren Teil der Inselhalle hinter dem Vorhang, wo unsere Kostüme waren und liebe Lietzer, die uns zum einen halfen in die Kostüme zu gelangen und um uns zu schminken und zum anderen beruhigten sie uns, denn es war schon ein großes Publikum, vor dem wir auftraten. Die Zeit ging ins Land und jeder von uns aus der Theatergruppe suchte sich eine Stille Ecke, um noch einmal den Text reue passieren zu lassen. Und jeder von uns dachte er schlaft es nicht oder vergisst seinen Text. Und dann war es soweit, wir hörten hinter dem Vorhang viele Menschen, die ihren Platz einnahmen.
Die Nervosität steig auf einer

Die Gezeiten & Ich !

Skala von 1-10 auf 30!
Das Publikum klatsche in die Hände und dann ging der Vorhang auf und das Stück begann. Was für ein Gefühl, tausende Augen verfolgten unser tun auf der Bühne und ein Zwischenapplaus löste den anderen ab. Und dann kam ich im Seemannoutfit auf die Bühne und sprach meine ersten Sätze auf Plattdeutsch, das Publikum tobte und klatschte, lachte und ich vernahm viele Bravo Rufe. Ein innerlicher Gänsehaut Schauer durchlief meinen ganzen Körper.
Was für ein grandioses Gefühl. Und so führten wir alle unser Stück auf und ernteten einen Zuspruch nach dem Anderen. Als ich dann meinen letzten Satz sagte und das Stück zu Ende war und

Die Gezeiten & Ich !

der Vorhang viel, gab es ein Gewitter von Standing Ovation. Wir waren alle mächtig stolz auf jeden von uns. Immer wieder rief uns das Publikum auf die Bühne und wir verneigten uns vor einem großartigen Publikum. Blitzlichter begleiteten diese Momente des Ruhmes und des Erfolges.

Noch heute bekomme ich Gänsehaut, wenn ich an den Auftritt denke!

Die Gezeiten & Ich !

Fahrwasserpriggen

An einem sommerlichen Tag sind Joke, Knut und ich segeln gegangen. Wir holten uns wie jedes mal, wenn wir segeln gehen wollten, die Erlaubnis von Herrn Henke. Und so durften wir an diesem Tag segeln gehen. Es herrschten optimale Bedingungen, denn es war auflaufend Wasser und der Wind wehte leicht bis mäßig. Da Joke im Dorf wohnte, gingen wir nach dem Mittagessen zum Bootsanleger im Hafen, wo wir Joke trafen. Wir machten den Jollenkreuzer Santana, eines von mehreren schuleigenen Booten, zum segeln klar. Leinen los auf geht's die Fahrrinne von Spiekeroog rauf ins Wattenmeer. Der Himmel war

Die Gezeiten & Ich !

wie blau gemalt und die Sonne schien grenzenlos zu scheinen. Unser Törn ging Richtung Wangerooge. Wir blieben im Schatten von Spiekeroog und segelten teile des Wattenmeer . In der Ferne konnten wir die Lietz Schule sehen und der Anblick der Schule vom Wasser aus war grandios. Im Vordergrund war der Deich, dann der Bootsschuppen mit dem Aeroman und dahinter die Lietz. Wir segelten bis zur Spitze von Spiekeroog .Von dort aus konnten wir Wangerooge schon sehr nah erkennen .Die beiden Leuchttürme, Häuser am Deich und Dächer hinterm Deich. Die Zeit ging ins Land und so mussten wir an den Rückweg denken. Durch eine gekonnte Wende steuerten wir

Die Gezeiten & Ich !

Santana wieder in heimische Gewässer. Wir hatten achterlichen Wind , so das wir Schmetterlingssegeln konnten. Schmetterlingssegeln ist der Zustand, wenn man das Großsegel ganz weit auffiert, also im 90C° Winkel zum Boot und das Vorsegel, die Großfock auch 90 C° zur anderen Seite vom Boot auffiert, so dass der Wind die Segel wie ein Schmetterling füllt und das Boot vom Wind getrieben, über das Wasser gleitet. Der Himmel blau. Die Sonne goldgelb, was kann es noch schöneres geben. Wir segelten in Richtung der Fahrrinne von Spiekeroog und schon sahen wir die ersten Fahrwasserpriggen, die wie umgedrehte Reisichbesen aussehen. Wir norddeutschen Inseljungs kannten natürlich

Die Gezeiten & Ich !

solche Priggen und deren Bedeutung. Die Priggen signalisieren den Anfang einer Fahrrinne .Knut war kein norddeutscher Inseljunge, sondern ein Kölner Jung.
Und so kam es, wie es kommen musste. Er stellte die Frage der Fragen, was sind Priggen?
Joke und ich guckten uns an und ehe Joke antworten konnte, hatte ich die Antwort schon parat. Knut, Priggen findest du überall im Wattenmeer und an Einmündungen von Flüssen, die in die Nordsee münden. Priggen sind die Ersatzbäume für die Seehundmänndchen, da sie auch irgendwo das Bein heben müssen und bekanntlich wachsen Bäume nicht im Salzwasser! Joke lief rot im Gesicht an und konnte

Die Gezeiten & Ich !

sich das Lachen kaum verkneifen und Knut fand meine Antwort so etwas von plausibel, das er es glaubte. Wir segelten die Fahrrinne von Spiekeroog hoch in den Hafen zum Anlegeplatz und machten das Boot fest, holten die Segel ein und verstauten alles. Es war ein toller Segeltag. Und Joke konnte immer noch nicht so richtig klar vor lachen denken.
 Jahre später kam Knut auf mich zu und sagte, damals mit den Priggen hast du mir doch einen Bären aufgebunden! Ich konnte keine Antwort vor Lachen finden, denn sollte er es 3 Jahre geglaubt haben!

Die Gezeiten & Ich !

Nationalsport Bud pedden

oft saßen wir in irgendeinem Schülerzimmer und tranken Kaffee und erzählten uns Geschichten von Erlebnissen und Eindrücken, die man so erlebt hat. Und so kam es auch, das ich, der alte Friese eine Geschichte zum besten gab. Das so genante Bud pedden.
Alle lauschten meinen Worten und bis auf die Kaffeemaschine hörte man keine weiteren Geräusche. Das Bud pedden ist ein nordfriesischer Nationalsport! Plötzlich wurden Stimmen laut: Gibt es das denn wirklich, habe ich ja noch nie gehört!
Ich erwiderte dann nur kurz: Hast du dich denn jemals mit den Nationalsportarten so

Die Gezeiten & Ich !

richtig intensiv beschäftigt?.
Die Zweifel wurden so
ausgeräumt.
Nur im Sommer kann dieser
Nationalsport hinter dem
Deich statt finden.
Männer und Frauen mit einer
Schuhgröße ab 42 aufwärts
dürfen bei diesem Sport
mitmachen. Die Einteilung
der Mannschaften erfolgt
unter Einbeziehung der
Schuhgröße.
Früh morgens, wenn man sich
dem Deich nähert, riecht man
schon den Geruch aus den
Räucheröfen. Feinste
Buchenmehlgerüche verteilen
sich in der Luft über dem
Deich.
Bei ablaufenden Wasser
treffen sich die Teilnehmer
unten am Deich auf der
Wattseite, wo auch schon die
aus Draht bestehenden

Die Gezeiten & Ich !

Rückenkörbe parat stehen. Das eigentliche und wichtigste Sportgerät dieser Sportart. Nach dem die Mannschaften aufgeteilt waren, und hier sei zu erwähnen das es keine strickte Trennung der Geschlechter gab, ging das Bud pedden auch schon fast los. Nur noch den Rückenkorb umschnüren und sich in einer Reihe mit seinem Kontrahenten in Richtung Wattenmeer und Schlick stellen. Die Schlickstrecke umfasst ca. 600 m. vom Start bis zurück ins Ziel.
Auf die Plätze, fertig, Los, hört man es ertönen und unter den Jubel der Zuschauer pedden die Teilnehmer mit ihren großen Füßen durchs Watt. Und immer, wenn jemand auf einen Bud oder

Die Gezeiten & Ich !

eine Scholle tritt, muss er oder sie diese schnell mit beiden Händen greifen und in den Rückenkorb legen. Gewonnen hat der Teilnehmer mit dem meisten Fang in seinem Korb. Der Fang wird dann den Landfrauen übergeben, die dann den Fisch für die Räucheröfen fertig machten. Stundenlang wird dieser Sport mit wachsender Begeisterung vollzogen, bis wieder auflaufend Wasser ist. Dann ist der Wettkampftag vorbei und alle setzen sich gemeinsam ins Festzelt um bei Bier und geräucherter Scholle oder Bud in den Abend zu feiern!
Mittlerweile hatte die Kaffeemaschine den Kaffee fertig und ich sah in viele großen Augen, die es kaum glauben konnten, das es so

Die Gezeiten & Ich !

einen traditionellen Sport gibt .Hast du da auch mal mitgemacht fragten mich einige Schüler/innen. Und das ist doch voll ekelig.Ja, das bedarf einer langen Eingewöhnungsphase, antwortete ich. Und so setzte ich noch einen obendrauf: Bevor man so gut wird wie Hauke Hain, der immerhin den Rekord von 7,21 kg. Fang in seinem Korb hatte , braucht man schon seine 3 Jahre Training so ein bis zwei mal die Woche.Den Sport gibt es natürlich nicht, aber die Vorstellung alleine reicht, wenn ich an meine jetzige Schuhgröße von 46 denke!

Die Gezeiten & Ich !

Spiekerooger Polizeistation gekauft oder möglichst viel für eine D Mark!

Es war im Dezember 1986 zwei Wochen vor Abreise in die Weihnachtsferien. Das Wetter passte zur vorweihnachtlichen Adventsstimmung, denn draußen lag Schnee und es war kalt. An einem Samstag sollte eine Weihnachtsfeier mit allen Lietzern, Lehrer/Innen und dem Hauspersonal im Speisesaal statt finden. Um die Vorfreude auf dieses Beisammensein zu steigern, wurden Duffy, Hightower und ich Tage vorher gefragt, was man am Nachmittag bis zur Feier für Spiele spielen könnte. Denn alle Schüler sollten mit dem Festlich geschmückten

Die Gezeiten & Ich !

Speisesaal überrascht werden und vorher nichts mitbekommen. Und so machten wir den Vorschlag, das jeder mit einer D Mark soviel kaufen sollte, wie er oder sie nur konnte. Der Sieger bekommt dann einen Preis. Vom Lehrerkollegium wurde der Vorschlag von uns mit Begeisterung angenommen. Und so wurde beim Essen am Samstag das Spiel vorgestellt. Jede Schülerfamilie bildete ein Team und der oder die Familiensprecher/-in für das Familienteam bekam eine D Mark. Für meine Familie bekam ich das Geld. Und los ging es ab ins Dorf. Auf dem Weg ins Dorf hatten wir alle schon mächtig viel Spaß, denn wir malten uns aus, was wir alles kaufen konnten.

Die Gezeiten & Ich !

Vorschläge von einer Tüte Erbsen bis hin zu Streichholzpackungen. Denn wir sollte ja für eine Mark möglichst viel kaufen und in einer Tüte Erbsen sind ja einige drin. Irgendwie führte uns der Weg über den Tranpad ins Dorf und so kamen wir an der Polizei vorbei. Plötzlich sagte ich zu den anderen: die Station kaufe ich jetzt für 1 Pfennig, denn wir mussten ja noch etwas Geld für die anderen Dinge übrig haben. Und so klingelte ich bei Herrn Hüfner ,dem damaligen Polizeichef von Spiekeroog. Ich klingelte und er machte die Tür auf. Vor mir stand ein uniformierter Polizist und ich hatte schon damals Respekt. Ich hab da mal eine Frage. Komm rein Cord, das können wir im Amtszimmer

Die Gezeiten & Ich !

besprechen. Ich folgte ihm und hinter mir ging die Tür zu. Die anderen von uns wollten nicht mit rein und so warteten sie draußen. Dann nimm mal platz auf dem Stuhl. Was kann ich denn für dich tun. Ich erzählte ihm von dem Spiel, das wir für eine D-Mark soviel wie möglich kaufen sollen. Und ich fragte ihn, ob ich die Polizei für einen Pfennig kaufen könnte. Herr Hüfner guckte mich mit großen Augen an und fing laut an zu lachen. Mir kam sein Lachen eine Ewigkeit vor und meine Gesichtsfarbe wechselte ins rötliche. Jede Tomate sah bestimmt blass neben mir aus. Dann verstummte plötzlich sein Lachen und innerlich hielt ich Haltung. Das hat mich in meiner ganzen Dienstzeit

Die Gezeiten & Ich !

noch keiner gefragt, das ist so komisch, Cord, wir machen das. Hab ich das jetzt richtig verstanden, ich kaufe die Spiekerooger Polizeistation für 1 Pfennig. Jetzt musste ich lachen. Er setzte sich an seine Schreibmaschine und spannte einen Bogen weises Papier ein. Und dann tippte er voller Spaß und Freude auf der Schreibmaschine. Als er fertig war, zog er das Blatt aus der Maschine und sagte, lies es dir durch und wenn du einverstanden bist, kannst du unten rechts unterschreiben. Ich las:

Hiermit verkaufe ich …..
Herrn Cord Schulenberg die Spiekerooger Polizeistation mit samt dem Inventar zum Kaufpreis von 1 Pfennig. Der Kaufvertrag ist 30 Sekunden

Die Gezeiten & Ich !

gültig und verliert danach
seine Gültigkeit.

Ich war sprachlos und
unterschrieb unten rechts,
dann gab ich ihm den
Kaufvertrag und er
unterschrieb. Ich bezahlte den
Pfennig und bekam das
Schriftstück mit.
Er begleitete mich zur Tür und
als ich vor den anderen
Stand ,die mich mit großen
erwartungsvollen Augen
ansahen, sagte ich nur ja, sie
gehört mir und Herr Hüfner
lachte und wünschte uns noch
ne schöne Feier. Wir konnten
es alle noch nicht glauben. Ich
war stolz wie der Deichgraf
persönlich. Nach meinem
Kauf der ersten Immobilie
ging es zum EDEKA Sanders
und wir kauften noch Erbsen,
Streichhölzer. Dann war das

Die Gezeiten & Ich !

Geld ausgegeben und wir kehrten zur Lietz zurück. In Lietz angekommen gingen wir in unsere Zimmer, um uns für die Feier frisch zu machen. Und dann war es soweit, wir durfen alle in den Speisesaal. Wow , was für ein Anblick, ein Meer aus Teelichtern und aus der Küche kamen leckere Düfte. Als wir uns alle an den Tischen eingefunden hatten, kamen von jeder Familie die Resultate auf den Tisch. Die Idee mit den Streichhölzern und Erbsen hatten auch die anderen. Ha, aber die Idee mit dem Immobilienkauf hatte nur ich. Duffy bat um Ruhe im Speisesaal, nahm meinen Kaufvertrag und las ihn vor. Gewonnen hatten wir nicht, aber einen Sonderpreis für die originellste Idee gab es dennoch.

Die Gezeiten & Ich !

Geschichtsunterrichtsstunde bei Tilmann

Geschichtsunterricht ist ja das Eine, aber immer nur Römerzeit ist das Andere. Die Zeit ging ins Land und der Imperialismus am Beispiel der Herrschaft Rom`s nahm uns nun schon länger mit. Keine andere Zeit faszinierte unsern Tilmann so sehr wie die gute alte Römerzeit.
Und so war es auch dieses mal wieder, wir hatten Geschichtsstunde bei Tilmann im damaligen Klassenraum zum Innenhof hin.
Gespannt , was wohl in dieser Unterrichtsstunde alles an Neuigkeiten von Tilmann preisgegeben werden sollte, harrten wir der Dinge die da kommen! Immerhin, der Friede zwischen Rom und

Die Gezeiten & Ich !

Tarent war 272 und die punischen Kriege hatten wir nun auch schon durch! Also, was sollte noch kommen? Ach, Vielleicht Claudius oder auch du mein Sohn Brutus! Nein alles falsch! Römische Münzen und ihre Prägungsjahre in der Zeit der imperialistischen Herrschaft Rom`s. Und so baute Tilmann den Overheadprojektor auf. Tilmann war und ist ein begnadeter Münzsammler von römischen und griechischen Münzen der damaligen Zeit. Und so verließ er für einen Moment den Klassenraum, um zwei wertvolle Münzen aus seiner Sammlung zu holen.
Das war für uns die Gelegenheit, reiß aus zu nehmen. Alle verließen fluchtartig den Klassenraum,

Die Gezeiten & Ich !

einige durchs geöffnete Fenster zum Innenhof, andere nahmen den kultivierten Weg durch die Tür. Wir versteckten uns alle so , das wir noch den Klassenraum sehen konnten. Und so kam Tilmann mit seinen zwei Münzen zurück in den Klassenraum. Man sah sehr deutlich in seinem Gesichtsausdruck, das er es nicht witzig fand, das wir nicht mehr da waren. Man vernahm Sätze wie: Wo sind meine Schüler, das wird ein Nachspiel haben. Mit hochrotem Kopf verließ Tilmann den Klassenraum geradewegs ins Büro von unserem Schulleiter Herrn Henke. Diese Zeit nutzen wir, um wieder brav, wie wir alle waren, auf unseren Stühlen zu sitzen. Es dauerte nicht lange und die Tür ging auf, Tilmann

Die Gezeiten & Ich !

und Herr Henke standen in der Tür. Es gab ärger und fortan wurden wir in Geschichte von Herrn Henke unterrichtet.

Aber, die Schlacht um Rom hatten wir gewonnen! 1984 n. Chr.

Die Gezeiten & Ich !

Herstellung und Verlag:
BoD - Books on Demand, Norderstedt
ISBN 978-3-7412-2542-0